ADELBERT VON

Peter Schlemihls
wundersame Geschichte

PHILIPP RECLAM JUN. STUTTGART

Der Text folgt: Chamissos Werke. Herausgegeben von Hermann Tardel. Zweiter Band. Leipzig und Wien: Bibliographisches Institut, [1907]. Orthographie und Interpunktion wurden behutsam modernisiert.

Erläuterungen und Dokumente zu Chamissos *Peter Schlemihl* liegen unter Nr. 8158 in Reclams Universal-Bibliothek vor, eine Interpretation ist enthalten in dem Band *Erzählungen und Novellen des 19. Jahrhunderts I* der Reihe »Interpretationen«, Universal-Bibliothek Nr. 8413 [5].

Universal-Bibliothek Nr. 93
Alle Rechte vorbehalten
© 1980 Philipp Reclam jun. GmbH & Co., Stuttgart
Umschlagabbildung: Ausschnitt eines Kupferstichs von
George Cruikshank, 1823, zu Seite 23 der Erzählung
Gesamtherstellung: Reclam, Ditzingen. Printed in Germany 1989
RECLAM und UNIVERSAL-BIBLIOTHEK sind eingetragene
Warenzeichen der Philipp Reclam jun. GmbH & Co., Stuttgart
ISBN 3-15-000093-9

An Julius Eduard Hitzig
von Adelbert von Chamisso

Du vergissest niemanden, Du wirst Dich noch eines gewissen Peter Schlemihls erinnern, den Du in früheren Jahren
ein paarmal bei mir gesehen hast, ein langbeiniger Bursch',
den man ungeschickt glaubte, weil er linkisch war, und der
wegen seiner Trägheit für faul galt. Ich hatte ihn lieb – Du
kannst nicht vergessen haben, Eduard, wie er uns einmal in
unserer grünen Zeit durch die Sonette lief, ich brachte ihn
mit auf einen der poetischen Tees, wo er mir noch während des Schreibens einschlief, ohne das Lesen abzuwarten.
Nun erinnere ich mich auch eines Witzes, den Du auf ihn
machtest. Du hattest ihn nämlich schon, Gott weiß wo und
wann, in einer alten schwarzen Kurtka gesehen, die er
freilich damals noch immer trug, und sagtest: »Der ganze
Kerl wäre glücklich zu schätzen, wenn seine Seele nur halb
so unsterblich wäre als seine Kurtka.« – So wenig galt er
bei Euch. – Ich hatte ihn lieb. – Von diesem Schlemihl nun,
den ich seit langen Jahren aus dem Gesicht verloren hatte,
rührt das Heft her, daß ich Dir mitteilen will – Dir nur,
Eduard, meinem nächsten, innigsten Freunde, meinem beßren Ich, vor dem ich kein Geheimnis verwahren kann, teil
ich es mit, nur Dir und, es versteht sich von selbst, unserm
Fouqué, gleich Dir in meiner Seele eingewurzelt – aber in
ihm teil ich es bloß dem Freunde mit, nicht dem Dichter. –
Ihr werdet einsehen, wie unangenehm es mir sein würde,
wenn etwa die Beichte, die ein ehrlicher Mann im Vertrauen auf meine Freundschaft und Redlichkeit an meiner
Brust ablegt, in einem Dichterwerke an den Pranger geheftet würde oder nur wenn überhaupt unheilig verfahren
würde, wie mit einem Erzeugnis schlechten Witzes, mit
einer Sache, die das nicht ist und sein darf. Freilich muß
ich selbst gestehen, daß es um die Geschichte schad' ist, die
unter des guten Mannes Feder nur albern geworden, daß
sie nicht von einer geschickteren fremden Hand in ihrer

ganzen komischen Kraft dargestellt werden kann. – Was würde nicht Jean Paul daraus gemacht haben! – Übrigens, lieber Freund, mögen hier manche genannt sein, die noch leben; auch das will beachtet sein. –

Noch ein Wort über die Art, wie diese Blätter an mich gelangt sind. Gestern früh bei meinem Erwachen gab man sie mir ab – ein wunderlicher Mann, der einen langen, grauen Bart trug, eine ganz abgenützte schwarze Kurtka anhatte, eine botanische Kapsel darüber umgehangen, und bei dem feuchten, regnichten Wetter Pantoffeln über seine Stiefel, hatte sich nach mir erkundigt und dieses für mich hinterlassen; er hatte aus Berlin zu kommen vorgegeben. – – –

Kunersdorf, den 27. September 1813

Adelbert von Chamisso

P. S. Ich lege dir eine Zeichnung bei, die der kunstreiche Leopold, der eben an seinem Fenster stand, von der auffallenden Erscheinung entworfen hat. Als er den Wert, den ich auf diese Skizze legte, gesehen, hat er sie mir gerne geschenkt.

An Ebendenselben
von Fouqué

Bewahren, lieber Eduard, sollen wir die Geschichte des armen Schlemihl, dergestalt bewahren, daß sie vor Augen, die nicht hineinzusehen haben, beschirmt bleibe. Das ist eine schlimme Aufgabe. Es gibt solcher Augen eine ganze Menge, und welcher Sterbliche kann die Schicksale eines Manuskriptes bestimmen, eines Dinges, das beinah noch schlimmer zu hüten ist als ein gesprochenes Wort. Da mach ich's denn wie ein Schwindelnder, der in der Angst lieber gleich in den Abgrund springt: ich lasse die ganze Geschichte drucken.

Und doch, Eduard, es gibt ernstere und bessere Gründe für mein Benehmen. Es trügt mich alles, oder in unserm lieben Deutschlande schlagen der Herzen viel, die den armen Schlemihl zu verstehen fähig sind und auch wert, und über manch eines echten Landsmannes Gesicht wird bei dem herben Scherz, den das Leben mit ihm, und bei dem arglosen, den er mit sich selbst treibt, ein gerührtes Lächeln ziehn. Und Du, mein Eduard, wenn Du das grundehrliche Buch ansiehst und dabei denkst, daß viele unbekannte Herzensverwandte es mit uns lieben lernen, fühlst auch vielleicht einen Balsamtropfen in die heiße Wunde fallen, die Dir und allen, die Dich lieben, der Tod geschlagen hat.

Und endlich: es gibt – ich habe mich durch mannigfache Erfahrung davon überzeugt – es gibt für die gedruckten Bücher einen Genius, der sie in die rechten Hände bringt und wenn nicht immer, doch sehr oft die unrechten davon abhält. Auf allen Fall hat er ein unsichtbares Vorhängeschloß vor jedwedem echten Geistes- und Gemütswerke und weiß mit einer ganz untrüglichen Geschicklichkeit auf- und zuzuschließen.

Diesem Genius, mein sehr lieber Schlemihl, vertraue ich Dein Lächeln und Deine Tränen an, und somit Gott befohlen!

Nennhausen, Ende Mai 1814

Fouqué

An Fouqué
von Hitzig

Da haben wir denn nun die Folgen Deines verzweifelten Entschlusses, die Schlemihlshistorie, die wir als ein bloß *uns* anvertrautes Geheimnis bewahren sollten, drucken zu lassen, daß sie nicht allein Franzosen und Engländer, Holländer und Spanier übersetzt, Amerikaner aber den Engländern nachgedruckt, wie ich dies alles in meinem »Gelehrten Berlin« des breiteren gemeldet; sondern daß auch für unser liebes Deutschland eine neue Ausgabe, mit den Zeichnungen der englischen, die der berühmte Cruikshank nach dem Leben entworfen, veranstaltet wird, wodurch die Sache unstreitig noch viel mehr herumkommt. Hielte ich Dich nicht für Dein eigenmächtiges Verfahren (denn mir hast Du 1814 ja kein Wort von der Herausgabe des Manuskripts gesagt) hinlänglich dadurch bestraft, daß unser Chamisso bei seiner Weltumsegelei, in den Jahren 1815 bis 1818, sich gewiß in Chili und Kamtschatka und wohl gar bei seinem Freunde, dem seligen Tameiameia auf O-Wahu darüber beklagt haben wird, so forderte ich noch jetzt öffentlich Rechenschaft darüber von Dir.

Indes – auch hiervon abgesehen – geschehn ist geschehn, und Recht hast Du auch darin gehabt, daß viele, viele Befreundete in den dreizehn verhängnisvollen Jahren, seit es das Licht der Welt erblickte, das Büchlein mit uns liebgewonnen. Nie werde ich die Stunde vergessen, in welcher ich es Hoffmann zuerst vorlas. Außer sich vor Vergnügen und Spannung, hing er an meinen Lippen, bis ich vollendet hatte; nicht erwarten konnte er, die persönliche Bekanntschaft des Dichters zu machen, und, sonst jeder Nachahmung so abhold, widerstand er doch der Versuchung nicht, die Idee des verlorenen Schattens in seiner Erzählung: »Die Abenteuer der Silvesternacht«*, durch das verlorne Spiegelbild des Erasmus Spikher, ziemlich unglücklich zu variieren. Ja – unter die Kinder hat sich unsre wundersame Historie ihre Bahn zu brechen gewußt; denn als ich einst an einem hellen Winterabend mit ihrem Erzähler die Burgstraße hinaufging und er einen über ihn lachenden, auf der Glitschbahn beschäftigten Jungen unter seinen Dir wohlbekannten Bärenmantel nahm und fortschleppte, hielt dieser ganz stille; da er aber wieder auf den Boden nieder-

---

* »Phantasiestücke in Callots Manier«, im letzten Teil. Vgl. auch: »Aus Hoffmanns Leben und Nachlaß«. Bd. 2. S. 112.

gesetzt war und in gehöriger Ferne von den, als ob nichts
geschehen wäre, Weitergegangenen, rief er mit lauter Stimme seinem Räuber nach: »Warte nur, Peter Schlemihl!«

So, denke ich, wird der ehrliche Kauz auch in seinem
5 neuen, zierlichen Gewande viele erfreuen, die ihn in der
einfachen Kurtka von 1814 nicht gesehen; diesen und jenen
aber es außerdem noch überraschend sein, in dem botani-
sierenden, weltumschiffenden, ehemals wohlbestallten kö-
niglich preußischen Offizier, auch Historiographen des be-
10 rühmten Peter Schlemihl, nebenher einen Lyriker kennen-
zulernen, der, er möge malaiische oder litauische Weisen
anstimmen, überall dartut, daß er das poetische Herz auf
der rechten Stelle hat.*

Darum, lieber Fouqué, sei Dir am Ende denn doch noch
15 herzlich gedankt für die Veranstaltung der ersten Ausgabe,
und empfange mit unsern Freunden meinen Glückwunsch
zu dieser zweiten.

Berlin, im Januar 1827

Eduard Hitzig

20   *An meinen alten Freund Peter Schlemihl*

Da fällt nun deine Schrift nach vielen Jahren
Mir wieder in die Hand, und – wundersam! –
Der Zeit gedenk ich, wo wir Freunde waren,
Als erst die Welt uns in die Schule nahm.
25 Ich bin ein alter Mann in grauen Haaren,
Ich überwinde schon die falsche Scham,
Ich will mich deinen Freund wie ehmals nennen
Und mich als solchen vor der Welt bekennen.

Mein armer, armer Freund, es hat der Schlaue
30 Mir nicht, wie dir, so übel mitgespielt;

* Die zweite Ausgabe des »Peter Schlemihl« hatte einen Anhang von
Liedern und Balladen des Dichters, worauf sich dies bezog.

7

Gestrebet hab ich und gehofft ins Blaue,
Und gar am Ende wenig nur erzielt;
Doch schwerlich wird berühmen sich der Graue,
Daß er mich jemals fest am Schatten hielt;
Den Schatten hab ich, der mir angeboren,   5
Ich habe meinen Schatten nie verloren.

Mich traf, obgleich unschuldig wie das Kind,
Der Hohn, den sie für deine Blöße hatten. –
Ob wir einander denn so ähnlich sind?! –
Sie schrien mir nach: »Schlemihl, wo ist dein Schatten?«   10
Und zeigt' ich den, so stellten sie sich blind
Und konnten gar zu lachen nicht ermatten.
Was hilft es denn! man trägt es in Geduld
Und ist noch froh, fühlt man sich ohne Schuld.

Und was ist denn der Schatten? möcht ich fragen,   15
Wie man so oft mich selber schon gefragt,
So überschwenglich hoch es anzuschlagen,
Wie sich die arge Welt es nicht versagt?
Das gibt sich schon nach neunzehntausend Tagen,
Die, Weisheit bringend, über uns getagt;   20
Die wir dem Schatten *Wesen* sonst verliehen,
Sehn Wesen jetzt als *Schatten* sich verziehen.

Wir geben uns die Hand darauf, Schlemihl,
Wir schreiten zu und lassen es beim alten:
Wir kümmern uns um alle Welt nicht viel,   25
Es desto fester mit uns selbst zu halten;
Wir gleiten so schon näher unserm Ziel,
Ob jene lachten, ob die andern schalten;
Nach allen Stürmen wollen wir im Hafen
Doch ungestört gesunden Schlafes schlafen.   30

Berlin, August 1834

Adelbert von Chamisso

Peter Schlemihl ist in einem bedeutenden Abschnitte aus
dem Leben seines Dichters entstanden. Das verhängnisvolle
Jahr 1813 fand Chamisso in Berlin, als die Bewegung aus-
5 brach, die dem Herrscher seines Vaterlandes in ihren Folgen den Untergang, Deutschland die Befreiung von dessen
Zwingherrschaft brachte. Wer Kraft in seinem Arm fühlte,
der eilte, ihn zu waffnen für Deutschlands gute Sache.
Chamisso hatte nicht allein einen kraftvollen Arm, sondern
10 trug auch ein wahrhaft deutsches Herz in seiner Brust und
befand sich dennoch in einer Lage, wie unter Millionen
nicht *einer*. Denn es galt nicht Kampf für Deutschland
allein, sondern auch Kampf gegen das Volk, dem er durch
Geburt und Familienbande angehörte. Das setzte ihn in
15 Verzweiflung. »Die Zeit hat kein Schwert für mich, nur
für mich keins«, so seufzte er oft, und statt der Teilnahme
an seiner einzigen Stellung mußte er in der Hauptstadt
Preußens, dem Mittelpunkte der Verbündung gegen Napo-
leon und Frankreich, nur zu oft Haß und Hohn gegen
20 seine Stammesgenossen vernehmen. Er selbst war zu billig,
um das Natürliche der Motive solcher Äußerungen zu verkennen, aber nichtsdestominder verletzten sie ihn tief, wo
sie ihn trafen. Wohlmeinende Freunde beschlossen unter
solchen Verhältnissen, ihn aus dem aufgeregten Berlin auf
25 das stille Land zu entfernen; die edle gräflich Itzenplitz-
sche Familie bot willig ein Asyl, und Chamisso lebte in
demselben nahe genug der allmählichen Entwickelung der
weltgeschichtlichen Krise und doch frei von persönlich un-
angenehmen Berührungen. Auf dem kaum eine Tagereise
30 von Berlin entfernten Gute Kunersdorf nun, wo der Dichter sich ganz der Botanik und andern Lieblingsstudien wid-
men konnte, war es, wo er die Idee zum »Peter Schlemihl«
faßte und mit rascher Feder ausführte. Die Briefe aus der
erwähnten Periode in dem ersten Bande von Chamissos,
35 von dem Unterzeichneten herausgegebener Biographie legen

9

davon Zeugnis ab. Die erste Ausgabe der unvergleichlichen Erzählung erschien mit einer Widmung, die vom 27. Mai 1813 datiert ist, 1814, und hatte sich kaum zu Anfange des nächsten Jahres 1815 Bahn zu brechen angefangen, als der Dichter für mehr als drei Jahre zu seiner Reise um die Welt, von der der »Schlemihl« eine merkwürdige Vorahnung enthält, Deutschland verließ. Schlemihl war der Abschiedsgruß an dies sein zweites Vaterland, der erste Grundstein zu dem Bau seines nachmaligen Ruhmes.

Man hat Chamisso oft mit der Frage gequält, was er mit dem »Schlemihl« so recht gemeint habe. Oft ergötzte ihn diese Frage, oft ärgerte sie ihn. Die Wahrheit ist, daß er wohl eigentlich keine spezielle Absicht, deren er sich so bewußt gewesen, um davon eine philiströse Rechenschaft zu geben, dabei gehabt. Das Märchen entstand, wie jedes echt poetische Werk, in ihm mit zwingender Notwendigkeit, um seiner selbst willen. »Du hast« – schrieb er an Hitzig, nachdem er die erste Hand daran gelegt – »jetzt gewiß nichts weniger von mir erwartet als ein Buch! Lies es deiner Frau vor, heute abend, wenn sie Zeit hat. Ist sie neugierig, zu erfahren, wie es Schlemihl weiter ergangen, und besonders, wer der Mann im grauen Kleide war, so schick mir gleich morgen das Heft wieder, daß ich daran weiter schreibe; – wo nicht – so weiß ich schon, was die Glocke geschlagen hat.« Kann sich ein Dichter harmloser seinem Publikum gegenüberstellen?

In der Vorrede zu der im Jahre 1838 erschienenen neuen französischen Übersetzung des »Peter Schlemihl« macht Chamisso sich in seiner Weise über die klügelnden Fragen nach seiner eigentlichen Intention lustig. »Gegenwärtige Geschichte« – sagt er – »ist in die Hände von besonnenen Leuten gefallen, die, gewohnt nur zu ihrer Belehrung zu lesen, sich darüber beunruhigt haben, was denn wohl der Schatten bedeute. Mehrere haben darüber kuriose Hypothesen aufgestellt; andere, indem sie mir die Ehre erwiesen, mich für gelehrter zu halten, als ich es bin, haben sich an mich gewandt, um durch mich die Lösung ihrer Zweifel bewirkt zu sehen. Die Frage, mit welcher sie mich bestürmten, hat mich über meine Unwissenheit erröten lassen. Sie haben mich dahin gebracht, in den Umfang meiner Studien einen mir bis dahin fremd gebliebenen Gegenstand aufzunehmen, und ich habe mich gelehrten Untersuchungen ergeben, deren Resultat ich hier aufzeichnen will.

Vom Schatten

Ein nichtleuchtender Körper kann nur teilweise von einem leuchtenden Körper erhellt werden. Der lichtlose Raum, welcher auf der Seite des nicht beleuchteten Teiles liegt, ist das, was man *Schatten* nennt. Schatten bezeichnet also im eigentlichen Sinne einen körperlichen Raum, dessen Gestalt zugleich von der Gestalt des leuchtenden Körpers, von der des beleuchteten und von ihrer gegenseitigen Stellung gegeneinander abhängt.
Der auf einer hinter dem schattenwerfenden Körper befindlichen Fläche aufgefangene Schatten ist daher nichts anderes als der Durchschnitt dieser Fläche mit dem körperlichen Raum (französisch le solide, also wörtlich dem *Soliden*, auf welchem Worte der ganze Scherz beruht), den wir vorher durch den Namen Schatten bezeichneten.«
Haüy, Traité élémentaire de physique, T. II, § 1002 et 1006.
»Von dem zuletzt erwähnten Soliden ist nun die Rede in der wundersamen Historie des Peter Schlemihl. Die Finanzwissenschaft belehrt uns hinlänglich über die Wichtigkeit des Geldes; die des Schattens ist minder allgemein anerkannt. Mein unbesonnener Freund hat sich nach dem Gelde gelüsten lassen, dessen Wert er kannte, und nicht an das Solide gedacht. Die Lektion, die er teuer bezahlen müssen, soll, so wünscht er, uns zunutze kommen, und seine Erfahrung ruft uns zu: ›Denket an das Solide!‹« –
Soweit Chamisso.
»Peter Schlemihl« hat sich durch Übersetzungen den Weg fast in alle bedeutenden Länder Europas gebahnt. Von

11

einer holländischen und spanischen, auch einer – dem Vernehmen nach – russischen, liegen uns Exemplare nicht vor. Dagegen folgende:

Französische:

Pierre Schlémihl. Paris chez Ladvocat 1822.

Von Chamisso im Manuskript durchgesehen und mit einem Vorwort versehen, später aber von dem Verleger Ladvocat willkürlich verändert.

Un roman du poète allemand contemporain Adelbert de Chamisso. Traduit par N. Martin. Histoire merveilleuse de Pierre Schlémihl. Dunquerque 1837.

Am Schluß ein Schreiben des Übersetzers an einen Freund Viktor: »A propos de l'ombre de Pierre Schlémihl«, mit dem griechischen Motto: »Das Leben ist eines Schattens Traum«, worin der Verfasser, der Deutschen spottend, »die, wie man sage, drei Ungeheuer von Foliobänden an Erläuterungen über das Miniaturbüchlein geschrieben haben sollen«, selbst eine weitläufige Deutung des »Schlemihl« versucht. Die breite Epistel schließt indes nicht übel mit den Worten: »Ich bemerke, freilich etwas spät, daß ich gleichfalls einen Brief voll von Schatten geschrieben und, statt in den Finsternissen eine Fackel anzuzünden, sie vielleicht noch dichter gemacht habe – in diesem letztern Falle wird man mir wenigstens das Verdienst nicht absprechen, die Originalfarben beibehalten zu haben.«

Merveilleuse histoire de Pierre Schlémihl. Enrichie d'une savante préface où les curieux pourront apprendre ce que c'est que l'ombre. Paris et Nuremberg chez Schrag. 1838.

Mit den Cruikshankschen Bildern und allerliebsten farbigen Randverzierungen derselben.

Die Übersetzung ist von Chamisso selbst besorgt und, wie der Titel angibt, mit einer neuen Vorrede ausgestattet, aus welcher oben eine charakteristische Stelle über den Schatten in einer Übersetzung mitgeteilt worden.

12

Englische:

Peter Schlemihl. With plates by George Cruikshank. London 1824.

Von dem Übersetzer seinem Freunde *Wangner* zugeeignet. Die Vorrede beginnt mit den artigen Worten: »Adelung sagte einst in Petersburg zu mir: ›Haben Sie den Peter Schlemihl gelesen?‹ – ›Nein.‹ – ›Wenn Sie ihn erst lesen werden, werden Sie ihn auch übersetzen.‹ – So hab ich ihn wirklich übersetzt.«

Der Übersetzer erklärt die Erzählung für eine moralische. Er überläßt die Erklärung derselben seinen Lesern. »Es würde wenig schmeichelhaft für sie sein« – sagt er naiv oder pfiffig so tuend, als ob er alles wüßte – »von ihnen vorauszusetzen, daß sie meines Beistandes bedürfen, um die einleuchtenden Lehren zu verstehen, die daraus zu ziehen sind.«

Peter Schlemihl. A new Translation by Emilie de Rouillon. London: Ohne Jahreszahl.

Mit (sehr schlechten) Nachstichen der Cruikshankschen Bilder. Wahrscheinlich aus der französischen ältern Übersetzung übertragen; denn die Übersetzerin hat als Motto auf den Titel die französischen Worte gesetzt: »Man kann hieraus entnehmen, daß die leichteste Nachgiebigkeit in Dingen, die gegen das Gewissen streiten, uns viel weiter zu führen vermag, als wir gedacht haben«, und dies sind die nämlichen Worte, mit welchen der Verleger Ladvocat die Vorrede der französischen Übersetzung aus dem Jahre 1822 schließt. Übrigens kommt in beiden englischen Übersetzungen Chamisso um die Autorehre; denn die erste nennt auf dem Titel Fouqué als den Verfasser, und die letzte verschweigt den Namen. Doch gibt sie die Zueignung an Hitzig mit Chamissos Unterschrift.

Italienische:

L'uomo senz' ombra. Dono di simpatia al gentil sesso. Milano presso Omobono Manini.

Taschenbuch für 1838. Mit angehängtem Kalender und ziemlich guten Nachstichen der Cruikshankschen Bilder.

Der Herausgeber, wahrscheinlich der Verleger, begnügt sich nicht allein, den Namen des Dichters nicht zu nennen, sondern stellt klüglich sein albernes, an die Leserinnen gerichtetes Vorwort so, daß man glauben muß, er selbst sei der Verfasser des Buches. »Seid nicht zu hart im Urteil, ihr Schönen, Strenge ziemt euch wenig«, sagt er und mehr dergleichen Einfältiges.

Auch auf die Bühne ist die Schlemihlshistorie gebracht worden; aber gleichergestalt ohne dem wahren Dichter die Ehre zu geben. Im Februar 1819 erschien nämlich auf dem Josephstädter Theater in Wien: »Der Puzlivizli oder der Mann ohne Schatten. Ein komisches Zauberspiel in drei Aufzügen nach de la Motte Fouqué frei bearbeitet von Ferdinand Rosenau.« Unter den Personen erscheinen: der graue Mann und ein Albert schlechthin (wahrscheinlich Schlemihl); von dem Inhalt ist uns nichts bekannt geworden.

Wie der Schlemihl durch die englischen Übersetzungen in Großbritannien eine volkstümliche Gestalt geworden sein muß, davon legt endlich Zeugnis ab eine merkwürdige, am 19. September 1831, also 11 Tage nach der am 8. stattgefundenen Krönung Wilhelms IV., in London erschienene Karikatur. Es ist bekannt, daß zu dieser Krönungsfeierlichkeit ein damals auf dem Kontinent lebender Bruder des neuen Königs nach England übergeschifft war und, als bekanntes Haupt der starren Tories, nicht des freundlichsten Empfangs von seiten des Volks sich zu erfreuen hatte. Hierauf und vielleicht auch auf eine von dem Prinzen getane Äußerung, »daß Popularität nur ein Schatten sei«, bezieht sich das Bild. Es stellt im Vordergrunde den königlichen Bruder in sprechender Ähnlichkeit dar, im großen Kostüm der Ritter des Hosenbandordens. Ihm zur Rechten zeigt sich der König mit der Krone auf dem Haupte, einen stattlichen Schatten an die Wand werfend. Zwischen diesem und dem Prinzen stehen Hofleute, die, den letztern beklagend, in die Worte ausbrechen:

»Eines Gentlemans *Schatten* ist verloren *oder* gestohlen.«

Das Bild hat aber nachstehende Hauptunterschrift:

Peter Schlemihl bei der Krönung
Mag auch *Popularität* nichts sein als ein *Schatten*, immer-
hin ist es nicht ergötzlich, *schattenlos* zu sein.

5 So lebt und wird Chamissos unsterbliche Erzählung fort-
leben in Europa, ja, mehr als das, in der ganzen zivilisierten
Welt; denn auch Amerika besitzt den »Schlemihl«, indem
die 1824 in London erschienene Übersetzung schon 1825 in
Boston nachgedruckt worden.

10 In Deutschland aber, seinem Geburtslande, hat er, wie
gegenwärtige Ausgabe beweist, durch die Sorgfalt seines
wackern Verlegers die höchst ungewöhnliche Ehre erfahren,
stereotypiert zu werden, eine Auszeichnung, die der ver-
ewigte Dichter leider nicht mehr erlebte. Möge diese Art

15 der unendlichen Vervielfältigung nun auch dazu beitragen,
das Andenken Chamissos im Volke zu erhalten! Denn das
Volk war es, welchem zu gefallen das höchste Ziel des
Dichters war, das Volk, für welches alle Pulse des seltenen
Mannes schlugen, der, einem der ältesten erlauchten Ge-

20 schlechter Europas entsprossen, seinen Stammbaum in ge-
rader Linie bis zu dem Jahre 1305 hinaufführend, sein
ganzes Leben hindurch Befriedigung nur darin suchte und
fand, ein bescheidener Bürger, ein wahrer Mann aus dem
Volke zu sein.

25 Berlin, am 21. August 1839, dem ersten Jahrestage von
Chamissos Tode

Julius Eduard Hitzig

PETER SCHLEMIHLS
WUNDERSAME GESCHICHTE

I

Nach einer glücklichen, jedoch für mich sehr beschwer-
lichen Seefahrt erreichten wir endlich den Hafen. Sobald
ich mit dem Boote ans Land kam, belud ich mich selbst mit
meiner kleinen Habseligkeit, und durch das wimmelnde
Volk mich drängend, ging ich in das nächste, geringste
Haus hinein, vor welchem ich ein Schild hängen sah. Ich
begehrte ein Zimmer, der Hausknecht maß mich mit einem
Blick und führte mich unters Dach. Ich ließ mir frisches
Wasser geben und genau beschreiben, wo ich den Herrn
Thomas John aufzusuchen habe. – »Vor dem Nordertor,
das erste Landhaus zur rechten Hand, ein großes, neues
Haus, von rot und weißem Marmor mit vielen Säulen.«
Gut. – Es war noch früh an der Zeit, ich schnürte sogleich
mein Bündel auf, nahm meinen neu gewandten schwarzen
Rock heraus, zog mich reinlich an in meine besten Kleider,
steckte das Empfehlungsschreiben zu mir und setzte mich
alsbald auf den Weg zu dem Manne, der mir bei meinen
bescheidenen Hoffnungen förderlich sein sollte.
Nachdem ich die lange Norderstraße hinaufgestiegen und
das Tor erreicht, sah ich bald die Säulen durch das Grüne
schimmern. – »Also hier«, dacht' ich. Ich wischte den Staub
von meinen Füßen mit meinem Schnupftuch ab, setzte mein
Halstuch in Ordnung und zog in Gottes Namen die Klingel.
Die Tür sprang auf. Auf dem Flur hatt' ich ein Verhör zu
bestehen; der Portier ließ mich aber anmelden, und ich
hatte die Ehre, in den Park gerufen zu werden, wo Herr
John – mit einer kleinen Gesellschaft sich erging. Ich erkannte gleich den Mann am Glanze seiner wohlbeleibten
Selbstzufriedenheit. Er empfing mich sehr gut – wie ein
Reicher einen armen Teufel, wandte sich sogar gegen mich,
ohne sich jedoch von der übrigen Gesellschaft abzuwenden,

und nahm mir den dargehaltenen Brief aus der Hand. – »So, so! von meinem Bruder; ich habe lange nichts von ihm gehört. Er ist doch gesund? – Dort«, fuhr er gegen die Gesellschaft fort, ohne die Antwort zu erwarten, und wies mit dem Brief auf einen Hügel, »dort laß ich das neue Gebäude aufführen.« Er brach das Siegel auf und das Gespräch nicht ab, das sich auf den Reichtum lenkte. »Wer nicht Herr ist wenigstens einer Million«, warf er hinein, »der ist, man verzeihe mir das Wort, ein Schuft!« – »Oh, wie wahr!« rief ich aus, mit vollem, überströmendem Gefühl. Das mußte ihm gefallen; er lächelte mich an und sagte: »Bleiben Sie hier, lieber Freund, nachher hab ich vielleicht Zeit, Ihnen zu sagen, was ich hiezu denke«, er deutete auf den Brief, den er sodann einsteckte, und wandte sich wieder zu der Gesellschaft. – Er bot einer jungen Dame den Arm, andere Herren bemühten sich um andere Schönen, es fand sich, was sich paßte, und man wallte dem rosenumblühten Hügel zu.

Ich schlich hinterher, ohne jemanden beschwerlich zu fallen; denn keine Seele bekümmerte sich weiter um mich. Die Gesellschaft war sehr aufgeräumt, es ward getändelt und gescherzt, man sprach zuweilen von leichtsinnigen Dingen wichtig, von wichtigen öfters leichtsinnig, und gemächlich erging besonders der Witz über abwesende Freunde und deren Verhältnisse. Ich war da zu fremd, um von alledem vieles zu verstehen, zu bekümmert und in mich gekehrt, um den Sinn auf solche Rätsel zu haben.

Wir hatten den Rosenhain erreicht. Die schöne Fanny, wie es schien, die Herrin des Tages, wollte aus Eigensinn einen blühenden Zweig selbst brechen; sie verletzte sich an einem Dorn, und wie von den dunkeln Rosen floß Purpur auf ihre zarte Hand. Dieses Ereignis brachte die ganze Gesellschaft in Bewegung. Es wurde Englisch Pflaster gesucht. Ein stiller, dünner, hagrer, länglichter, ältlicher Mann, der neben mitging und den ich noch nicht bemerkt hatte, steckte sogleich die Hand in die knapp anliegende Schoßtasche seines altfränkischen, grautaffentnen Rockes, brachte

eine kleine Brieftasche daraus hervor, öffnete sie und reichte der Dame mit devoter Verbeugung das Verlangte. Sie empfing es ohne Aufmerksamkeit für den Geber und ohne Dank; die Wunde ward verbunden, und man ging
5 weiter den Hügel hinan, von dessen Rücken man die weite Aussicht über das grüne Labyrinth des Parkes nach dem unermeßlichen Ozean genießen wollte.

Der Anblick war wirklich groß und herrlich. Ein lichter Punkt erschien am Horizont zwischen der dunkeln Flut
10 und der Bläue des Himmels. »Ein Fernrohr her!« rief John, und noch bevor das auf den Ruf erscheinende Dienervolk in Bewegung kam, hatte der graue Mann, bescheiden sich verneigend, die Hand schon in die Rocktasche gesteckt, daraus einen schönen Dollond hervorgezogen und es dem
15 Herrn John eingehändigt. Dieser, es sogleich an das Aug' bringend, benachrichtigte die Gesellschaft, es sei das Schiff, das gestern ausgelaufen und das widrige Winde im Angesicht des Hafens zurückehielten. Das Fernrohr ging von Hand zu Hand und nicht wieder in die des Eigentümers;
20 ich aber sah verwundert den Mann an und wußte nicht, wie die große Maschine aus der winzigen Tasche herausgekommen war; es schien aber niemandem aufgefallen zu sein, und man bekümmerte sich nicht mehr um den grauen Mann als um mich selber.

25 Erfrischungen wurden gereicht, das seltenste Obst aller Zonen in den kostbarsten Gefäßen. Herr John machte die Honneurs mit leichtem Anstand und richtete da zum zweitenmal ein Wort an mich: »Essen Sie nur, das haben Sie auf der See nicht gehabt.« Ich verbeugte mich; aber er sah es
30 nicht, er sprach schon mit jemand anderem.

Man hätte sich gern auf den Rasen am Abhange des Hügels der ausgespannten Landschaft gegenüber gelagert, hätte man die Feuchtigkeit der Erde nicht gescheut. Es wäre göttlich, meinte wer aus der Gesellschaft, wenn man tür-
35 kische Teppiche hätte, sie hier auszubreiten. Der Wunsch war nicht sobald ausgesprochen, als schon der Mann im grauen Rock die Hand in der Tasche hatte und mit be-

scheidener, ja demütiger Gebärde einen reichen, golddurchwirkten türkischen Teppich daraus zu ziehen bemüht war.
Bediente nahmen ihn in Empfang, als müsse es so sein, und
entfalteten ihn am begehrten Orte. Die Gesellschaft nahm
ohne Umstände Platz darauf; ich wiederum sah betroffen   5
den Mann, die Tasche, den Teppich an, der über zwanzig
Schritte in der Länge und zehn in der Breite maß, und rieb
mir die Augen, nicht wissend, was ich dazu denken sollte,
besonders da niemand etwas Merkwürdiges darin fand.
Ich hätte gern Aufschluß über den Mann gehabt und ge-   10
fragt, wer er sei, nur wußt' ich nicht, an wen ich mich
richten sollte; denn ich fürchtete mich fast noch mehr vor
den Herren Bedienten als vor den bedienten Herren. Ich
faßte endlich ein Herz und trat an einen jungen Mann heran, der mir von minderem Ansehen schien als die andern   15
und der öfter allein gestanden hatte. Ich bat ihn leise, mir
zu sagen, wer der gefällige Mann sei dort im grauen Kleide.
– »Dieser, der wie ein Ende Zwirn aussieht, der einem
Schneider aus der Nadel entlaufen ist?« – »Ja, der allein
steht.« – »Den kenn ich nicht«, gab er mir zur Antwort,   20
und, wie es schien, eine längere Unterhaltung mit mir zu
vermeiden, wandt' er sich weg und sprach von gleichgilti-
gen Dingen mit einem andern.
Die Sonne fing jetzt stärker zu scheinen an und ward den
Damen beschwerlich; die schöne Fanny richtete nachlässig 25
an den grauen Mann, den, soviel ich weiß, noch niemand
angeredet hatte, die leichtsinnige Frage, ob er nicht auch
vielleicht ein Zelt bei sich habe? Er beantwortete sie durch
eine so tiefe Verbeugung, als widerführe ihm eine unver-
diente Ehre, und hatte schon die Hand in der Tasche, aus 30
der ich Zeuge, Stangen, Schnüre, Eisenwerk, kurz alles, was
zu dem prachtvollsten Lustzelt gehört, herauskommen sah.
Die jungen Herren halfen es ausspannen, und es überhing
die ganze Ausdehnung des Teppichs – und keiner fand
noch etwas Außerordentliches darin. –   35
Mir war schon lang unheimlich, ja graulich zumute; wie
ward mir vollends, als beim nächst ausgesprochenen

Wunsch ich ihn noch aus seiner Tasche drei Reitpferde, ich sage dir, drei schöne, große Rappen mit Sattel und Zeug, herausziehen sah! – denke dir, um Gottes willen, drei ge-sattelte Pferde noch aus derselben Tasche, woraus schon
5 eine Brieftasche, ein Fernrohr, ein gewirkter Teppich, zwanzig Schritte lang und zehn breit, ein Lustzelt von der-selben Größe und alle dazugehörigen Stangen und Eisen herausgekommen waren! – Wenn ich dir nicht beteuerte, es selbst mit eigenen Augen angesehen zu haben, würdest du
10 es gewiß nicht glauben. –
So verlegen und demütig der Mann selbst zu sein schien, so wenig Aufmerksamkeit ihm auch die andern schenkten, so ward mir doch seine blasse Erscheinung, von der ich kein Auge abwenden konnte, so schauerlich, daß ich sie nicht
15 länger ertragen konnte.
Ich beschloß, mich aus der Gesellschaft zu stehlen, was bei der unbedeutenden Rolle, die ich darinnen spielte, mir ein leichtes schien. Ich wollte nach der Stadt zurückkehren, am andern Morgen mein Glück beim Herrn John wieder ver-
20 suchen und, wenn ich den Mut dazu fände, ihn über den seltsamen grauen Mann befragen. – Wäre es mir nur so zu entkommen geglückt!
Ich hatte mich schon wirklich durch den Rosenhain, den Hügel hinab, glücklich geschlichen und befand mich auf
25 einem freien Rasenplatz, als ich aus Furcht, außer den Wegen durchs Gras gehend angetroffen zu werden, einen forschenden Blick um mich warf. – Wie erschrak ich, als ich den Mann im grauen Rock hinter mir her und auf mich zukommen sah. Er nahm sogleich den Hut vor mir ab und
30 verneigte sich so tief, als noch niemand vor mir getan hatte. Es war kein Zweifel, er wollte mich anreden, und ich konnte, ohne grob zu sein, es nicht vermeiden. Ich nahm den Hut auch ab, verneigte mich wieder und stand da in der Sonne mit bloßem Haupt wie angewurzelt. Ich sah ihn
35 voller Furcht starr an und war wie ein Vogel, den eine Schlange gebannt hat. Er selber schien sehr verlegen zu sein; er hob den Blick nicht auf, verbeugte sich zu ver-

schiedenen Malen, trat näher und redete mich an mit leiser,
unsicherer Stimme, ungefähr im Tone eines Bettelnden.
»Möge der Herr meine Zudringlichkeit entschuldigen, wenn
ich es wage, ihn so unbekannterweise aufzusuchen, ich habe
eine Bitte an ihn. Vergönnen Sie gnädigst –« – »Aber um 5
Gottes willen, mein Herr!« brach ich in meiner Angst aus,
»was kann ich für einen Mann tun, der –« wir stutzten
beide und wurden, wie mir deucht, rot.
Er nahm nach einem Augenblick des Schweigens wieder das
Wort: »Während der kurzen Zeit, wo ich das Glück ge- 10
noß, mich in Ihrer Nähe zu befinden, hab ich, mein Herr,
einige Male – erlauben Sie, daß ich es Ihnen sage – wirklich
mit unaussprechlicher Bewunderung den schönen, schönen
Schatten betrachten können, den Sie in der Sonne und
gleichsam mit einer gewissen edlen Verachtung, ohne selbst 15
darauf zu merken, von sich werfen, den herrlichen Schatten da zu Ihren Füßen. Verzeihen Sie mir die freilich
kühne Zumutung. Sollten Sie sich wohl nicht abgeneigt
finden, mir diesen Ihren Schatten zu überlassen?«
Er schwieg, und mir ging's wie ein Mühlrad im Kopfe her- 20
um. Was sollt' ich aus dem seltsamen Antrag machen, mir
meinen Schatten abzukaufen? Er muß verrückt sein, dacht'
ich, und mit verändertem Tone, der zu der Demut des sei-
nigen besser paßte, erwiderte ich also:
»Ei, ei! guter Freund, habet Ihr denn nicht an Eurem eig- 25
nen Schatten genug? Das heiß ich mir einen Handel von
einer ganz absonderlichen Sorte.« Er fiel sogleich wieder
ein: »Ich habe in meiner Tasche manches, was dem Herrn
nicht ganz unwert scheinen möchte; für diesen unschätz-
baren Schatten halt ich den höchsten Preis zu gering.« 30
Nun überfiel es mich wieder kalt, da ich an die Tasche er-
innert ward, und ich wußte nicht, wie ich ihn hatte guter
Freund nennen können. Ich nahm wieder das Wort und
suchte es womöglich mit unendlicher Höflichkeit wieder-
gutzumachen. 35
»Aber, mein Herr, verzeihen Sie Ihrem untertänigsten
Knecht. Ich verstehe wohl Ihre Meinung nicht ganz gut;

wie könnt' ich nur meinen Schatten – –« Er unterbrach
mich: »Ich erbitte mir nur Dero Erlaubnis, hier auf der
Stelle diesen edlen Schatten aufheben zu dürfen und zu mir
zu stecken; wie ich das mache, sei meine Sorge. Dagegen
als Beweis meiner Erkenntlichkeit gegen den Herrn über-
lasse ich ihm die Wahl unter allen Kleinodien, die ich in
der Tasche bei mir führe: die echte Springwurzel, die Al-
raunwurzel, Wechselpfennige, Raubtaler, das Tellertuch
von Rolands Knappen, ein Galgenmännlein zu beliebigem
Preis; doch das wird wohl nichts für Sie sein: besser For-
tunati Wünschhütlein, neu und haltbar wieder restauriert;
auch ein Glückssäckel, wie der seine gewesen.« – »Fortu-
nati Glückssäckel«, fiel ich ihm in die Rede, und wie groß
meine Angst auch war, hatte er mit dem einen Wort meinen
ganzen Sinn gefangen. Ich bekam einen Schwindel, und es
flimmerte mir wie doppelte Dukaten vor den Augen. –
»Belieben gnädigst der Herr, diesen Säckel zu besichtigen
und zu erproben.« Er steckte die Hand in die Tasche und
zog einen mäßig großen, festgenähten Beutel von starkem
Korduanleder an zwei tüchtigen ledernen Schnüren heraus
und händigte mir selbigen ein. Ich griff hinein und zog
zehn Goldstücke daraus, und wieder zehn, und wieder
zehn, und wieder zehn; ich hielt ihm schnell die Hand hin:
»Topp! der Handel gilt; für den Beutel haben Sie meinen
Schatten.« Er schlug ein, kniete dann ungesäumt vor mir
nieder, und mit einer bewundernswürdigen Geschicklichkeit
sah ich ihn meinen Schatten, vom Kopf bis zu meinen
Füßen, leise von dem Grase lösen, aufheben, zusammen-
rollen und falten und zuletzt einstecken. Er stand auf, verbeugte sich noch einmal vor mir und zog sich dann nach
dem Rosengebüsche zurück. Mich dünkt', ich hörte ihn da
leise für sich lachen. Ich aber hielt den Beutel bei den
Schnüren fest; rund um mich her war die Erde sonnenhell,
und in mir war noch keine Besinnung.

II

Ich kam endlich wieder zu Sinnen und eilte, diesen Ort zu
verlassen, wo ich hoffentlich nichts mehr zu tun hatte. Ich
füllte erst meine Taschen mit Gold, dann band ich mir die
Schnüre des Beutels um den Hals fest und verbarg ihn
selbst auf meiner Brust. Ich kam unbeachtet aus dem Park,
erreichte die Landstraße und nahm meinen Weg nach der
Stadt. Wie ich in Gedanken dem Tore zuging, hört' ich
hinter mir schreien: »Junger Herr! he! junger Herr! hören
Sie doch!« – Ich sah mich um, ein altes Weib rief mir nach:
»Sehe sich der Herr doch vor, Sie haben Ihren Schatten
verloren.« – »Danke, Mütterchen!« Ich warf ihr ein Gold-
stück für den wohlgemeinten Rat hin und trat unter die
Bäume.

Am Tore mußt' ich gleich wieder von der Schildwacht
hören: »Wo hat der Herr seinen Schatten gelassen?« und
gleich wieder darauf von ein paar Frauen: »Jesus Maria!
der arme Mensch hat keinen Schatten!« Das fing an, mich
zu verdrießen, und ich vermied sehr sorgfältig, in die
Sonne zu treten. Das ging aber nicht überall an, zum Bei-
spiel nicht über die Breite Straße, die ich zunächst durch-
kreuzen mußte, und zwar zu meinem Unheil in eben der
Stunde, wo die Knaben aus der Schule gingen. Ein ver-
dammter buckeliger Schlingel, ich seh ihn noch, hatte es
gleich weg, daß mir ein Schatten fehle. Er verriet mich mit
großem Geschrei der sämtlichen literarischen Straßen-
jugend der Vorstadt, welche sofort mich zu rezensieren und
mit Kot zu bewerfen anfing: »Ordentliche Leute pflegten
ihren Schatten mit sich zu nehmen, wenn sie in die Sonne
gingen.« Um sie von mir abzuwehren, warf ich Gold zu
vollen Händen unter sie und sprang in einen Mietswagen,
zu dem mir mitleidige Seelen verhalfen.

Sobald ich mich in der rollenden Kutsche allein fand, fing
ich bitterlich an zu weinen. Es mußte schon die Ahnung in
mir aufsteigen: daß, um so viel das Gold auf Erden Verdienst und Tugend überwiegt, um so viel der Schatten

höher als selbst das Gold geschätzt werde; und wie ich früher den Reichtum meinem Gewissen aufgeopfert, hatte ich jetzt den Schatten für bloßes Gold hingegeben; was konnte, was sollte auf Erden aus mir werden!

Ich war noch sehr verstört, als der Wagen vor meinem alten Wirtshause hielt; ich erschrak über die Vorstellung, nur noch jenes schlechte Dachzimmer zu betreten. Ich ließ mir meine Sachen herabholen, empfing den ärmlichen Bündel mit Verachtung, warf einige Goldstücke hin und befahl, vor das vornehmste Hotel vorzufahren. Das Haus war gegen Norden gelegen; ich hatte die Sonne nicht zu fürchten. Ich schickte den Kutscher mit Gold weg, ließ mir die besten Zimmer vorn heraus anweisen und verschloß mich darin, sobald ich konnte.

Was denkest du, das ich nun anfing? – Oh, mein lieber Chamisso, selbst vor dir es zu gestehen, macht mich erröten. Ich zog den unglücklichen Säckel aus meiner Brust hervor, und mit einer Art Wut, die wie eine flackernde Feuersbrunst sich in mir durch sich selbst mehrte, zog ich Gold daraus, und Gold, und Gold, und immer mehr Gold, und streute es auf den Estrich und schritt darüber hin und ließ es klirren und warf, mein armes Herz an dem Glanze, an dem Klange weidend, immer des Metalles mehr zu dem Metalle, bis ich ermüdet selbst auf das reiche Lager sank und schwelgend darin wühlte, mich darüber wälzte. So verging der Tag, der Abend; ich schloß meine Tür nicht auf, die Nacht fand mich liegend auf dem Golde, und darauf übermannte mich der Schlaf.

Da träumt' es mir von dir; es ward mir, als stünde ich hinter der Glastüre deines kleinen Zimmers und sähe dich von da an deinem Arbeitstische zwischen einem Skelett und einem Bunde getrockneter Pflanzen sitzen; vor dir waren Haller, Humboldt und Linné aufgeschlagen, auf deinem Sofa lagen ein Band Goethe und der »Zauberring«; ich betrachtete dich lange und jedes Ding in deiner Stube und dann dich wieder; du rührtest dich aber nicht, du holtest auch nicht Atem, du warst tot.

Ich erwachte. Es schien noch sehr früh zu sein. Meine Uhr stand. Ich war wie zerschlagen, durstig und hungrig auch noch; ich hatte seit dem vorigen Morgen nichts gegessen. Ich stieß von mir mit Unwillen und Überdruß dieses Gold, an dem ich kurz vorher mein törichtes Herz gesättigt; nun wußt' ich verdrießlich nicht, was ich damit anfangen sollte. Es durfte nicht so liegen bleiben – ich versuchte, ob es der Beutel wieder verschlingen wollte – nein. Keines meiner Fenster öffnete sich über die See. Ich mußte mich bequemen, es mühsam und mit saurem Schweiß zu einem großen Schrank, der in einem Kabinett stand, zu schleppen und es darin zu verpacken. Ich ließ nur einige Handvoll da liegen. Nachdem ich mit der Arbeit fertig geworden, legt' ich mich erschöpft in einen Lehnstuhl und erwartete, daß sich Leute im Hause zu regen anfingen. Ich ließ, sobald es möglich war, zu essen bringen und den Wirt zu mir kommen.

Ich besprach mit diesem Manne die künftige Einrichtung meines Hauses. Er empfahl mir für den näheren Dienst um meine Person einen gewissen Bendel, dessen treue und verständige Physiognomie mich gleich gewann. Derselbe war's, dessen Anhänglichkeit mich seither tröstend durch das Elend des Lebens begleitete und mir mein düstres Los ertragen half. Ich brachte den ganzen Tag auf meinen Zimmern mit herrenlosen Knechten, Schustern, Schneidern und Kaufleuten zu, ich richtete mich ein und kaufte besonders sehr viele Kostbarkeiten und Edelsteine, um nur etwas des vielen aufgespeicherten Goldes los zu werden; es schien mir aber gar nicht, als könne der Haufen sich vermindern.

Ich schwebte indes über meinen Zustand in den ängstigendsten Zweifeln. Ich wagte keinen Schritt aus meiner Tür und ließ abends vierzig Wachskerzen in meinem Saal anzünden, bevor ich aus dem Dunkel herauskam. Ich gedachte mit Grauen des fürchterlichen Auftrittes mit den Schulknaben. Ich beschloß, so viel Mut ich auch dazu bedurfte, die öffentliche Meinung noch einmal zu prüfen. – Die Nächte waren zu der Zeit mondhell. Abends spät warf

ich einen weiten Mantel um, drückte mir den Hut tief in die Augen und schlich, zitternd wie ein Verbrecher, aus dem Hause. Erst auf einem entlegenen Platz trat ich aus dem Schatten der Häuser, in deren Schutz ich soweit ge-
5 kommen war, an das Mondeslicht hervor, gefaßt, mein Schicksal aus dem Munde der Vorübergehenden zu vernehmen.

Erspare mir, lieber Freund, die schmerzliche Wiederholung alles dessen, was ich erdulden mußte. Die Frauen bezeugten
10 oft das tiefste Mitleid, das ich ihnen einflößte; Äußerungen, die mir die Seele nicht minder durchbohrten als der Hohn der Jugend und die hochmütige Verachtung der Männer, besonders solcher dicken, wohlbeleibten, die selbst einen breiten Schatten warfen. Ein schönes, holdes Mäd-
15 chen, die, wie es schien, ihre Eltern begleitete, indem diese bedächtig nur vor ihre Füße sahen, wandte von ungefähr ihr leuchtendes Auge auf mich; sie erschrak sichtbarlich, da sie meine Schattenlosigkeit bemerkte, verhüllte ihr schönes Antlitz in ihren Schleier, ließ den Kopf sinken und ging
20 lautlos vorüber.

Ich ertrug es länger nicht. Salzige Ströme brachen aus meinen Augen, und mit durchschnittenem Herzen zog ich mich schwankend ins Dunkel zurück. Ich mußte mich an den Häusern halten, um meine Schritte zu sichern, und er-
25 reichte langsam und spät meine Wohnung.

Ich brachte die Nacht schlaflos zu. Am andern Tage war meine erste Sorge, nach dem Manne im grauen Rock überall suchen zu lassen. Vielleicht sollte es mir gelingen, ihn wieder zu finden, und wie glücklich! wenn ihn, wie mich, der
30 törichte Handel gereuen sollte. Ich ließ Bendel vor mich kommen, er schien Gewandtheit und Geschick zu besitzen; – ich schilderte ihm genau den Mann, in dessen Besitz ein Schatz sich befand, ohne den mir das Leben nur eine Qual sei. Ich sagte ihm die Zeit, den Ort, wo ich ihn gesehen,
35 beschrieb ihm alle, die zugegen gewesen, und fügte dieses Zeichen noch hinzu: er wolle sich nach einem Dollond-schen Fernrohr, nach einem golddurchwirkten türkischen

Teppich, nach einem Prachtlustzelt und endlich nach den schwarzen Reithengsten genau erkundigen, deren Geschichte, ohne zu bestimmen wie, mit der des rätselhaften Mannes zusammenhinge, welcher allen unbedeutend geschienen und dessen Erscheinung die Ruhe und das Glück meines Lebens zerstört hatte.

Wie ich ausgeredet, holt' ich Gold her, eine Last, wie ich sie nur zu tragen vermochte, und legte Edelsteine und Juwelen noch hinzu für einen größeren Wert. »Bendel«, sprach ich, »dieses ebnet viele Wege und macht vieles leicht, was unmöglich schien; sei nicht karg damit, wie ich es nicht bin, sondern geh und erfreue deinen Herrn mit Nachrichten, auf denen seine alleinige Hoffnung beruht.«

Er ging. Spät kam er und traurig zurück. Keiner von den Leuten des Herrn John, keiner von seinen Gästen – er hatte alle gesprochen – wußte sich nur entfernt an den Mann im grauen Rocke zu erinnern. Der neue Teleskop war da, und keiner wußte, wo er hergekommen; der Teppich, das Zelt waren da noch auf demselben Hügel ausgebreitet und aufgeschlagen, die Knechte rühmten den Reichtum ihres Herrn, und keiner wußte, von wannen diese neuen Kostbarkeiten ihm zugekommen. Er selbst hatte sein Wohlgefallen daran, und ihn kümmerte es nicht, daß er nicht wisse, woher er sie habe; die Pferde hatten die jungen Herren, die sie geritten, in ihren Ställen, und sie priesen die Freigebigkeit des Herrn John, der sie ihnen an jenem Tage geschenkt. So viel erhellte aus der ausführlichen Erzählung Bendels, dessen rascher Eifer und verständige Führung auch bei so fruchtlosem Erfolge mein verdientes Lob erhielten. Ich winkte ihm düster, mich allein zu lassen.

»Ich habe«, hob er wieder an, »meinem Herrn Bericht abgestattet über die Angelegenheit, die ihm am wichtigsten war. Mir bleibt noch ein Auftrag auszurichten, den mir heute früh jemand gegeben, welchem ich vor der Tür begegnete, da ich zu dem Geschäfte ausging, wo ich so unglücklich gewesen. Die eigenen Worte des Mannes waren: ›Sagen Sie dem Herrn Peter Schlemihl, er würde mich hier nicht mehr sehen, da ich übers Meer gehe und ein günstiger Wind mich soeben nach dem Hafen ruft. Aber über Jahr und Tag werde ich die Ehre haben, ihn selber aufzusuchen und ein anderes, ihm dann vielleicht annehmliches Geschäft vorzuschlagen. Empfehlen Sie mich ihm untertänigst und versichern ihn meines Dankes.‹ Ich frug ihn, wer er wäre, er sagte aber, Sie kennten ihn schon.«

»Wie sah der Mann aus?« rief ich voller Ahnung. Und Bendel beschrieb mir den Mann im grauen Rocke Zug für Zug, Wort für Wort, wie er getreu in seiner vorigen Erzählung des Mannes erwähnt, nach dem er sich erkundigt. –

»Unglücklicher!« schrie ich händeringend, »das war er ja selbst!«, und ihm fiel es wie Schuppen von den Augen. – »Ja, er war es, war es wirklich!« rief er erschreckt aus, »und ich Verblendeter, Blödsinniger habe ihn nicht erkannt, ihn nicht erkannt und meinen Herrn verraten!«

Er brach, heiß weinend, in die bittersten Vorwürfe gegen sich selber aus, und die Verzweiflung, in der er war, mußte mir selber Mitleiden einflößen. Ich sprach ihm Trost ein, versicherte ihn wiederholt, ich setzte keinen Zweifel in seine Treue, und schickte ihn alsbald nach dem Hafen, um womöglich die Spuren des seltsamen Mannes zu verfolgen. Aber an diesem selben Morgen waren sehr viele Schiffe, die widrige Winde im Hafen zurückgehalten, ausgelaufen, alle nach andern Weltstrichen, alle nach andern Küsten bestimmt, und der graue Mann war spurlos wie ein Schatten verschwunden.

III

Was hülfen Flügel dem in eisernen Ketten fest Angeschmiedeten? Er müßte dennoch, und schrecklicher, verzweifeln. Ich lag, wie Faffner bei seinem Hort, fern von jedem menschlichen Zuspruch, bei meinem Golde darbend, aber ich hatte nicht das Herz nach ihm, sondern ich fluchte ihm, um dessentwillen ich mich von allem Leben abgeschnitten sah. Bei mir allein mein düstres Geheimnis hegend, fürchtete ich mich vor dem letzten meiner Knechte, den ich zugleich beneiden mußte; denn er hatte einen Schatten, er durfte sich sehen lassen in der Sonne. Ich vertrauerte einsam in meinen Zimmern die Tag' und Nächte, und Gram zehrte an meinem Herzen.

Noch einer härmte sich unter meinen Augen ab; mein treuer Bendel hörte nicht auf, sich mit stillen Vorwürfen zu martern, daß er das Zutrauen seines gütigen Herrn betrogen und jenen nicht erkannt, nach dem er ausgeschickt war und mit dem er mein trauriges Schicksal in enger Verflechtung denken mußte. Ich aber konnte ihm keine Schuld geben; ich erkannte in dem Ereignis die fabelhafte Natur des Unbekannten.

Nichts unversucht zu lassen, schickt' ich einst Bendel mit einem kostbaren brillantenen Ring zu dem berühmtesten Maler der Stadt, den ich, mich zu besuchen, einladen ließ. Er kam, ich entfernte meine Leute, verschloß die Tür, setzte mich zu dem Mann, und nachdem ich seine Kunst gepriesen, kam ich mit schwerem Herzen zur Sache; ich ließ ihn zuvor das strengste Geheimnis geloben.

»Herr Professor«, fuhr ich fort, »könnten Sie wohl einem Menschen, der auf die unglücklichste Weise von der Welt um seinen Schatten gekommen ist, einen falschen Schatten malen?« – – »Sie meinen einen Schlagschatten?« – »Den mein ich allerdings.« – »Aber«, frug er mich weiter, »durch welche Ungeschicklichkeit, durch welche Nachlässigkeit konnte er denn seinen Schlagschatten verlieren?« – »Wie es kam«, erwiderte ich, »mag nun sehr gleichgültig sein; doch soviel«, log ich ihm unverschämt vor: »In Rußland, wo er im vorigen Winter eine Reise tat, fror ihm einmal bei einer außerordentlichen Kälte sein Schatten dergestalt am Boden fest, daß er ihn nicht wieder losbekommen konnte.«

»Der falsche Schlagschatten, den ich ihm malen könnte«, erwiderte der Professor, »würde doch nur ein solcher sein, den er bei der leisesten Bewegung wieder verlieren müßte – zumal wer an dem eignen angebornen Schatten so wenig

festhing, als aus Ihrer Erzählung selbst sich abnehmen läßt;
wer keinen Schatten hat, gehe nicht in die Sonne, das ist
das Vernünftigste und Sicherste.« Er stand auf und entfernte sich, indem er auf mich einen durchbohrenden Blick
5 warf, den der meine nicht ertragen konnte. Ich sank in
meinen Sessel zurück und verhüllte mein Gesicht in meine
Hände.
So fand mich noch Bendel, als er hereintrat. Er sah den
Schmerz seines Herrn und wollte sich still, ehrerbietig zu-
10 rückziehen. – Ich blickte auf – ich erlag unter der Last
meines Kummers, ich mußte ihn mitteilen. »Bendel«, rief
ich ihm zu, »Bendel! du Einziger, der du meine Leiden
siehst und ehrst, sie nicht erforschen zu wollen, sondern
still und fromm mitzufühlen scheinst, komm zu mir, Ben-
15 del, und sei der Nächste meinem Herzen. Die Schätze meines Goldes hab ich vor dir nicht verschlossen, nicht verschließen will ich vor dir die Schätze meines Grames. –
Bendel, verlasse mich nicht. Bendel, du siehst mich reich,
freigebig, gütig; du wähnst, es sollte die Welt mich ver-
20 herrlichen, und du siehst mich die Welt fliehn und mich vor
ihr verschließen. Bendel, sie hat gerichtet, die Welt, und
mich verstoßen, und auch du vielleicht wirst dich von mir
wenden, wenn du mein schreckliches Geheimnis erfährst:
Bendel, ich bin reich, freigebig, gütig, aber – o Gott! – ich
25 habe keinen Schatten!« –
»Keinen Schatten?« rief der gute Junge erschreckt aus, und
die hellen Tränen stürzten ihm aus den Augen. – »Weh
mir, daß ich geboren ward, einem schattenlosen Herrn zu
dienen!« Er schwieg, und ich hielt mein Gesicht in meinen
30 Händen. –
»Bendel«, setzt' ich spät und zitternd hinzu, »nun hast du
mein Vertrauen, nun kannst du es verraten. Geh hin und
zeuge wider mich.« – Er schien in schwerem Kampfe mit
sich selber; endlich stürzte er vor mir nieder und ergriff
35 meine Hand, die er mit seinen Tränen benetzte. »Nein«,
rief er aus, »was die Welt auch meine, ich kann und werde
um Schattens willen meinen gütigen Herrn nicht verlassen,

ich werde recht und nicht klug handeln, ich werde bei Ihnen bleiben, Ihnen meinen Schatten borgen, Ihnen helfen, wo ich kann, und wo ich nicht kann, mit Ihnen weinen.« Ich fiel ihm um den Hals, ob solcher ungewohnten Gesinnung staunend; denn ich war von ihm überzeugt, daß er es 5 nicht um Gold tat.

Seitdem änderten sich in etwas mein Schicksal und meine Lebensweise. Es ist unbeschreiblich, wie vorsorglich Bendel mein Gebrechen zu verhehlen wußte. Überall war er vor mir und mit mir, alles vorhersehend, Anstalten treffend, 10 und wo Gefahr unversehens drohte, mich schnell mit seinem Schatten überdeckend, denn er war größer und stärker als ich. So wagt' ich mich wieder unter die Menschen und begann eine Rolle in der Welt zu spielen. Ich mußte freilich viele Eigenheiten und Launen scheinbar annehmen. Solche 15 stehen aber dem Reichen gut, und so lange die Wahrheit nur verborgen blieb, genoß ich aller der Ehre und Achtung, die meinem Golde zukam. Ich sah ruhiger dem über Jahr und Tag verheißenen Besuch des rätselhaften Unbekannten entgegen. 20

Ich fühlte sehr wohl, daß ich mich nicht lange an einem Ort aufhalten durfte, wo man mich schon ohne Schatten gesehen und wo ich leicht verraten werden konnte; auch dacht' ich vielleicht nur allein noch daran, wie ich mich bei Herrn John gezeigt, und es war mir eine drückende 25 Erinnerung; demnach wollt' ich hier bloß Probe halten, um anderswo leichter und zuversichtlicher auftreten zu können – doch fand sich, was mich eine Zeitlang an meiner Eitelkeit festhielt: das ist im Menschen, wo der Anker am zuverlässigsten Grund faßt. 30

Eben die schöne Fanny, der ich am dritten Orte wieder begegnete, schenkte mir, ohne sich zu erinnern, mich jemals gesehen zu haben, einige Aufmerksamkeit; denn jetzt hatt' ich Witz und Verstand. – Wenn ich redete, hörte man zu, und ich wußte selber nicht, wie ich zu der Kunst gekom- 35 men war, das Gespräch so leicht zu führen und zu beherrschen. Der Eindruck, den ich auf die Schöne gemacht zu

haben einsah, machte aus mir, was sie eben begehrte, einen
Narren, und ich folgte ihr seither mit tausend Mühen durch
Schatten und Dämmerung, wo ich nur konnte. Ich war nur
eitel darauf, sie über mich eitel zu machen, und konnte mir
5 selbst mit dem besten Willen nicht den Rausch aus dem
Kopf ins Herz zwingen.
Aber wozu die ganz gemeine Geschichte dir lang und breit
wiederholen? – Du selber hast sie mir oft genug von andern
Ehrenleuten erzählt. Zu dem alten, wohlbekannten Spiele,
10 worin ich gutmütig eine abgedroschene Rolle übernommen,
kam freilich eine ganz eigens gedichtete Katastrophe hinzu,
mir und ihr und allen unerwartet.
Da ich an einem schönen Abend nach meiner Gewohnheit
eine Gesellschaft in einem Garten versammelt hatte, wan-
15 delte ich mit der Herrin Arm in Arm in einiger Entfernung
von den übrigen Gästen und bemühte mich, ihr Redensarten
vorzudrechseln. Sie sah sittig vor sich nieder und erwiderte
leise den Druck meiner Hand; da trat unversehens hinter
uns der Mond aus den Wolken hervor – und sie sah nur
20 *ihren* Schatten vor sich hinfallen. Sie fuhr zusammen und
blickte bestürzt mich an, dann wieder auf die Erde, mit
dem Auge meinen Schatten begehrend; und was in ihr vor-
ging, malte sich so sonderbar in ihren Mienen, daß ich in
ein lautes Gelächter hätte ausbrechen mögen, wenn es mir
25 nicht selber eiskalt über den Rücken gelaufen wäre.
Ich ließ sie aus meinem Arm in eine Ohnmacht sinken,
schoß wie ein Pfeil durch die entsetzten Gäste, erreichte die
Tür, warf mich in den ersten Wagen, den ich da haltend
fand, und fuhr nach der Stadt zurück, wo ich diesmal zu
30 meinem Unheil den vorsichtigen Bendel gelassen hatte. Er
erschrak, als er mich sah; *ein* Wort entdeckte ihm alles. Es
wurden auf der Stelle Postpferde geholt. Ich nahm nur
einen meiner Leute mit mir, einen abgefeimten Spitzbuben,
namens Rascal, der sich mir durch seine Gewandtheit not-
35 wendig zu machen gewußt und der der nichts vom heutigen
Vorfall ahnen konnte. Ich legte in derselben Nacht noch
dreißig Meilen zurück. Bendel blieb hinter mir, mein Haus

aufzulösen, Gold zu spenden und mir das Nötigste nach-
zubringen. Als er mich am andern Tage einholte, warf ich
mich in seine Arme und schwur ihm, nicht etwa keine Tor-
heit mehr zu begehen, sondern nur künftig vorsichtiger zu
sein. Wir setzten unsre Reise ununterbrochen fort, über die 5
Grenze und das Gebirge, und erst am andern Abhang,
durch das hohe Bollwerk von jenem Unglücksboden ge-
trennt, ließ ich mich bewegen, in einem nahgelegenen und
wenig besuchten Badeort von den überstandenen Mühselig-
keiten auszurasten. 10

IV

Ich werde in meiner Erzählung schnell über eine Zeit hin-
eilen müssen, bei der ich, wie gerne! verweilen würde, wenn
ich ihren lebendigen Geist in der Erinnerung heraufzu-
beschwören vermöchte. Aber die Farbe, die sie belebte und 15
nur wiederbeleben kann, ist in mir verloschen, und wann
ich in meiner Brust wiederfinden will, was sie damals so
mächtig erhob, die Schmerzen und das Glück, den from-
men Wahn – da schlag ich vergebens an einen Felsen, der
keinen lebendigen Quell mehr gewährt, und der Gott ist 20
von mir gewichen. Wie verändert blickt sie mich jetzt an,
diese vergangene Zeit! – Ich sollte dort in dem Bade eine
heroische Rolle tragieren; schlecht einstudiert und ein Neu-
ling auf der Bühne, vergaff ich mich aus dem Stücke heraus in ein Paar blaue Augen. Die Eltern, vom Spiele ge- 25
täuscht, bieten alles auf, den Handel nur schnell festzu-
machen, und die gemeine Posse beschließt eine Verhöhnung.
Und das ist alles, alles! – Das kommt mir albern und ab-
geschmackt vor, und schrecklich wiederum, daß so mir
vorkommen kann, was damals so reich, so groß die Brust 30
mir schwellte. Mina, wie ich damals weinte, als ich dich
verlor, so wein ich jetzt, dich auch in mir verloren zu
haben. Bin ich denn so alt worden? – O traurige Vernunft!
Nur noch ein Pulsschlag jener Zeit, ein Moment jenes Wah-

nes – aber nein! einsam auf dem hohen, öden Meere deiner
bittern Flut und längst aus dem letzten Pokale der Cham-
pagner-Elfe entsprüht!
Ich hatte Bendel mit einigen Goldsäcken vorausgeschickt,
um mir im Städtchen eine Wohnung nach meinen Bedürf-
nissen einzurichten. Er hatte dort viel Geld ausgestreut
und sich über den vornehmen Fremden, dem er diente,
etwas unbestimmt ausgedrückt, denn ich wollte nicht genannt sein. Das brachte die guten Leute auf sonderbare
Gedanken. Sobald mein Haus zu meinem Empfang bereit
war, kam Bendel wieder zu mir und holte mich dahin ab.
Wir machten uns auf die Reise.
Ungefähr eine Stunde vom Orte, auf einem sonnigen Plan,
ward uns der Weg durch eine festlich geschmückte Menge
versperrt. Der Wagen hielt. Musik, Glockengeläute, Ka-
nonenschüsse wurden gehört, ein lautes Vivat durchdrang
die Luft – vor dem Schlage des Wagens erschien in weißen
Kleidern ein Chor Jungfrauen von ausnehmender Schönheit, die aber vor der *einen* wie die Sterne der Nacht vor
der Sonne verschwanden. Sie trat aus der Mitte der Schwe-
stern hervor; die hohe, zarte Bildung kniete verschämt
errötend vor mir nieder und hielt mir auf seidenem Kissen
einen aus Lorbeer, Ölzweigen und Rosen geflochtenen
Kranz entgegen, indem sie von Majestät, Ehrfurcht und
Liebe einige Worte sprach, die ich nicht verstand, aber
deren zauberischer Silberklang mein Ohr und Herz be-
rauschte – es war mir, als wäre schon einmal die himm-
lische Erscheinung an mir vorübergewallt. Der Chor fiel
ein und sang das Lob eines guten Königs und das Glück
seines Volkes.
Und dieser Auftritt, lieber Freund, mitten in der Sonne! –
Sie kniete noch immer zwei Schritte von mir, und ich, ohne
Schatten, konnte die Kluft nicht überspringen, nicht wieder
vor dem Engel auf die Knie fallen. Oh, was hätt' ich nicht
da für einen Schatten gegeben! Ich mußte meine Scham,
meine Angst, meine Verzweiflung tief in den Grund meines
Wagens verbergen. Bendel besann sich endlich für mich; er

sprang von der andern Seite aus dem Wagen heraus, ich rief ihn noch zurück und reichte ihm aus meinem Kästchen, das mir eben zur Hand lag, eine reiche diamantene Krone, die die schöne Fanny hatte zieren sollen. Er trat vor und sprach im Namen seines Herrn, welcher solche Ehrenbezeugungen nicht annehmen könne noch wolle; es müsse hier ein Irrtum vorwalten; jedoch seien die guten Einwohner der Stadt für ihren guten Willen bedankt. Er nahm indes den dargehaltenen Kranz von seinem Ort und legte den brillantenen Reif an dessen Stelle; dann reichte er ehrerbietig der schönen Jungfrau die Hand zum Aufstehen und entfernte mit einem Wink Geistlichkeit, Magistratus und alle Deputationen. Niemand ward weiter vorgelassen. Er hieß den Haufen sich teilen und den Pferden Raum geben, schwang sich wieder in den Wagen, und fort ging's weiter in gestrecktem Galopp, unter einer aus Laubwerk und Blumen erbauten Pforte hinweg, dem Städtchen zu. – Die Kanonen wurden immer frischweg abgefeuert. – Der Wagen hielt vor meinem Hause; ich sprang behend in die Tür, die Menge teilend, die die Begierde, mich zu sehen, herbeigerufen hatte. Der Pöbel schrie Vivat unter meinem Fenster, und ich ließ doppelte Dukaten daraus regnen. Am Abend war die Stadt freiwillig erleuchtet. –
Und ich wußte immer noch nicht, was das alles bedeuten sollte und für wen ich angesehen wurde. Ich schickte Rascaln auf Kundschaft aus. Er ließ sich denn erzählen, wasmaßen man bereits sichere Nachrichten gehabt, der gute König von Preußen reise unter dem Namen eines Grafen durch das Land; wie mein Adjutant erkannt worden sei und wie er sich und mich verraten habe; wie groß endlich die Freude gewesen, da man die Gewißheit gehabt, mich im Orte selbst zu besitzen. Nun sah man freilich ein, da ich offenbar das strengste Inkognito beobachten wolle, wie sehr man unrecht gehabt, den Schleier so zudringlich zu lüften. Ich hätte aber so huldreich, so gnadenvoll gezürnt – ich würde gewiß dem guten Herzen verzeihen müssen.
Meinem Schlingel kam die Sache so spaßhaft vor, daß er

mit strafenden Reden sein möglichstes tat, die guten Leute einstweilen in ihrem Glauben zu bestärken. Er stattete mir einen sehr komischen Bericht ab, und da er mich dadurch erheitert sah, gab er mir selbst seine verübte Bosheit zum
5 besten. – Muß ich's bekennen? Es schmeichelte mir doch, sei es auch nur so, für das verehrte Haupt angesehen worden zu sein.

Ich hieß zu dem morgenden Abend unter den Bäumen, die den Raum vor meinem Hause beschatteten, ein Fest be-
10 reiten und die ganze Stadt dazu einladen. Der geheimnisreichen Kraft meines Säckels, Bendels Bemühungen und der behenden Erfindsamkeit Rascals gelang es, selbst die Zeit zu besiegen. Es ist wirklich erstaunlich, wie reich und schön sich alles in den wenigen Stunden anordnete. Die Pracht
15 und der Überfluß, die da sich erzeugten; auch die sinnreiche Erleuchtung war so weise verteilt, daß ich mich ganz sicher fühlte. Es blieb mir nichts zu erinnern, ich mußte meine Diener loben.

Es dunkelte der Abend. Die Gäste erschienen und wurden
20 mir vorgestellt. Es ward die Majestät nicht mehr berührt; aber ich hieß in tiefer Ehrfurcht und Demut: Herr Graf. Was sollt' ich tun? Ich ließ mir den Grafen gefallen und blieb von Stund' an der Graf Peter. Mitten im festlichen Gewühle begehrte meine Seele nur nach der *einen.* Spät
25 erschien sie, sie, die die Krone war und trug. Sie folgte sittsam ihren Eltern und schien nicht zu wissen, daß sie die Schönste sei. Es wurden mir der Herr Forstmeister, seine Frau und seine Tochter vorgestellt. Ich wußte den Alten viel Angenehmes und Verbindliches zu sagen; vor der
30 Tochter stand ich wie ein ausgescholtener Knabe da und vermochte kein Wort hervorzulallen. Ich bat sie endlich stammelnd, dies Fest zu würdigen, das Amt, dessen Zeichen sie schmückte, darin zu verwalten. Sie bat verschämt mit einem rührenden Blick um Schonung; aber verschämter vor
35 ihr als sie selbst brachte ich ihr als erster Untertan meine Huldigung in tiefer Ehrfurcht, und der Wink des Grafen ward allen Gästen ein Gebot, dem nachzuleben sich jeder

freudig beeiferte. Majestät, Unschuld und Grazie beherrschten, mit der Schönheit im Bunde, ein frohes Fest. Die glücklichen Eltern Minas glaubten ihnen nur zu Ehren ihr Kind erhöht; ich selber war in einem unbeschreiblichen Rausch. Ich ließ alles, was ich noch von den Juwelen hatte, die ich damals, um beschwerliches Gold los zu werden, gekauft, alle Perlen, alles Edelgestein in zwei verdeckte Schüsseln legen und bei Tische unter dem Namen der Königin ihren Gespielinnen und allen Damen herumreichen; Gold ward indessen ununterbrochen über die gezogenen Schranken unter das jubelnde Volk geworfen.

Bendel am andern Morgen eröffnete mir im Vertrauen, der Verdacht, den er längst gegen Rascals Redlichkeit gehegt, sei nunmehr zur Gewißheit worden. Er habe gestern ganze Säcke Goldes unterschlagen. »Laß uns«, erwidert' ich, »dem armen Schelmen die kleine Beute gönnen; ich spende gern allen, warum nicht auch ihm? Gestern hat er mir, haben mir alle neuen Leute, die du mir gegeben, redlich gedient, sie haben mir froh ein frohes Fest begehen helfen.«

Es war nicht weiter die Rede davon. Rascal blieb der erste meiner Dienerschaft, Bendel war aber mein Freund und mein Vertrauter. Dieser war gewohnt worden, meinen Reichtum als unerschöpflich zu denken, und er spähte nicht nach dessen Quellen; er half mir vielmehr, in meinen Sinn eingehend, Gelegenheiten ersinnen, ihn darzutun und Gold zu vergeuden. Von jenem Unbekannten, dem blassen Schleicher, wußt' er nur so viel: Ich dürfe allein durch ihn von dem Fluche erlöst werden, der auf mir laste, und fürchte ihn, auf dem meine einzige Hoffnung ruhe. Übrigens sei ich davon überzeugt, er könne mich überall auffinden, ich ihn nirgends, darum ich, den versprochenen Tag erwartend, jede vergebliche Nachsuchung eingestellt.

Die Pracht meines Festes und mein Benehmen dabei erhielten anfangs die starkgläubigen Einwohner der Stadt bei ihrer vorgefaßten Meinung. Es ergab sich freilich sehr bald aus den Zeitungen, daß die ganze fabelhafte Reise des Königs von Preußen ein bloßes ungegründetes Gerücht ge-

wesen. Ein König war ich aber nun einmal und mußte
schlechterdings ein König bleiben, und zwar einer der
reichsten und königlichsten, die es immer geben mag. Nur
wußte man nicht recht, welcher. Die Welt hat nie Grund
gehabt, über Mangel an Monarchen zu klagen, am wenig-
sten in unsern Tagen; die guten Leute, die noch keinen mit
Augen gesehen, rieten mit gleichem Glück bald auf diesen,
bald auf jenen – Graf Peter blieb immer, der er war. –
Einst erschien unter den Badegästen ein Handelsmann, der
Bankerott gemacht hatte, um sich zu bereichern, der allge-
meiner Achtung genoß und einen breiten, obgleich etwas
blassen Schatten von sich warf. Er wollte hier das Vermögen, das er gesammelt, zum Prunk ausstellen, und es fiel
sogar ihm ein, mit mir wetteifern zu wollen. Ich sprach
meinem Säckel zu und hatte sehr bald den armen Teufel so
weit, daß er, um sein Ansehen zu retten, abermals Bankerott machen mußte und über das Gebirge ziehen. So ward
ich ihn los. – Ich habe in dieser Gegend viele Taugenichtse
und Müßiggänger gemacht!
Bei der königlichen Pracht und Verschwendung, womit ich
mir alles unterwarf, lebt' ich in meinem Hause sehr einfach
und eingezogen. Ich hatte mir die größte Vorsicht zur
Regel gemacht; es durfte unter keinem Vorwand kein anderer als Bendel die Zimmer, die ich bewohnte, betreten.
Solange die Sonne schien, hielt ich mich mit ihm darin
verschlossen, und es hieß: der Graf arbeite in seinem Kabinett. Mit diesen Arbeiten standen die häufigen Kuriere in
Verbindung, die ich um jede Kleinigkeit abschickte und
erhielt. – Ich nahm nur am Abend unter meinen Bäumen
oder in meinem, nach Bendels Angabe geschickt und reich
erleuchteten Saale Gesellschaft an. Wenn ich ausging, wobei mich stets Bendel mit Argusaugen bewachen mußte, so
war es nur nach dem Förstergarten und um der *einen* willen; denn meines Lebens innerlichstes Herz war meine
Liebe.
Oh, mein guter Chamisso, ich will hoffen, du habest noch
nicht vergessen, was Liebe sei! Ich lasse dir hier vieles zu

ergänzen. Mina war wirklich ein liebewertes, gutes, frommes Kind. Ich hatte ihre ganze Phantasie an mich gefesselt; sie wußte in ihrer Demut nicht, womit sie wert gewesen, daß ich nur nach ihr geblickt, und sie vergalt Liebe um Liebe mit der vollen jugendlichen Kraft eines unschuldigen Herzens. Sie liebte wie ein Weib, ganz hin sich opfernd; selbstvergessen, hingegeben den nur meinend, der ihr Leben war, unbekümmert, solle sie selbst zugrunde gehen; das heißt, sie liebte wirklich. –

Ich aber – oh, welche schrecklichen Stunden – schrecklich! und würdig dennoch, daß ich sie zurückwünsche – hab ich oft an Bendels Brust verweint, als nach dem ersten bewußtlosen Rausch ich mich besonnen, mich selbst scharf angeschaut, der ich, ohne Schatten, mit tückischer Selbstsucht diesen Engel verderbend, die reine Seele an mich gelogen und gestohlen! Dann beschloß ich, mich ihr selber zu verraten; dann gelobt' ich mit teuren Eidschwüren, mich von ihr zu reißen und zu entfliehen; dann brach ich wieder in Tränen aus und verabredete mit Bendeln, wie ich sie auf den Abend im Förstergarten besuchen wolle. –

Zu andern Zeiten log ich mir selber vom nahe bevorstehenden Besuch des grauen Unbekannten große Hoffnungen vor und weinte wieder, wenn ich daran zu glauben vergebens versucht hatte. Ich hatte den Tag ausgerechnet, wo ich den Furchtbaren wiederzusehen erwartete; denn er hatte gesagt, in Jahr und Tag, und ich glaubte an sein Wort.

Die Eltern waren gute, ehrbare, alte Leute, die ihr einziges Kind sehr liebten; das ganze Verhältnis überraschte sie, als es schon bestand, und die wußten nicht, was sie dabei tun sollten. Sie hatten früher nicht geträumt, der Graf Peter könne nur an ihr Kind denken; nun liebte er sie gar und ward wieder geliebt. – Die Mutter war wohl eitel genug, an die Möglichkeit einer Verbindung zu denken und darauf hinzuarbeiten; der gesunde Menschenverstand des Alten gab solchen überspannten Vorstellungen nicht Raum. Beide waren überzeugt von der Reinheit meiner Liebe – sie konnten nichts tun, als für ihr Kind beten.

Es fällt mir ein Brief in die Hand, den ich noch aus dieser Zeit von Mina habe. – Ja, das sind ihre Züge! Ich will dir ihn abschreiben.

»Bin ein schwaches, törichtes Mädchen, könnte mir ein-
5 bilden, daß mein Geliebter, weil ich ihn innig, innig liebe, dem armen Mädchen nicht weh tun möchte. – Ach, Du bist so gut, so unaussprechlich gut; aber mißdeute mich nicht. Du sollst mir nichts opfern, mir nichts opfern wollen; o Gott! ich könnte mich hassen, wenn Du das tätest.
10 Nein – Du hast mich unendlich glücklich gemacht, Du hast mich Dich lieben gelehrt. Zeuch hin! – Weiß doch mein Schicksal, Graf Peter gehört nicht mir, gehört der Welt an. Will stolz sein, wenn ich höre: das ist er gewesen, und das war er wieder, und das hat er vollbracht; da haben sie ihn
15 angebetet, und da haben sie ihn vergöttert. Siehe, wenn ich das denke, zürne ich Dir, daß Du bei einem einfältigen Kinde Deiner hohen Schicksale vergessen kannst. – Zeuch hin, sonst macht der Gedanke mich noch unglücklich, die ich, ach! durch Dich so glücklich, so selig bin. – Hab ich
20 nicht auch einen Ölzweig und eine Rosenknospe in Dein Leben geflochten, wie in den Kranz, den ich Dir über- reichen durfte? Habe Dich im Herzen, mein Geliebter, fürchte nicht, von mir zu gehen – werde sterben, ach! so selig, so unaussprechlich selig durch Dich.« –
25 Du kannst dir denken, wie mir die Worte durchs Herz schneiden mußten. Ich erklärte ihr, ich sei nicht das, wofür man mich anzusehen schien; ich sei nur ein reicher, aber unendlich elender Mann. Auf mir ruhe ein Fluch, der das einzige Geheimnis zwischen ihr und mir sein solle, weil ich
30 noch nicht ohne Hoffnung sei, daß er gelöst werde. Dies sei das Gift meiner Tage; daß ich sie mit in den Abgrund hinreißen könne, sie, die das einzige Licht, das einzige Glück, das einzige Herz meines Lebens sei. Dann weinte sie wieder, daß ich unglücklich war. Ach, sie war so liebe-
35 voll, so gut! Um eine Träne nur mir zu erkaufen, hätte sie, mit welcher Seligkeit, sich selbst ganz hingeopfert.
Sie war indes weit entfernt, meine Worte richtig zu deuten;

sie ahnete nun in mir irgendeinen Fürsten, den ein schwerer Bann getroffen, irgendein hohes, geächtetes Haupt, und ihre Einbildungskraft malte sich geschäftig unter heroischen Bildern den Geliebten herrlich aus.

Einst sagte ich ihr: »Mina, der letzte Tag im künftigen Monat kann mein Schicksal ändern und entscheiden – geschieht es nicht, so muß ich sterben, weil ich dich nicht unglücklich machen will.« – Sie verbarg weinend ihr Haupt an meiner Brust. »Ändert sich dein Schicksal, laß mich nur dich glücklich wissen, ich habe keinen Anspruch an dich. – Bist du elend, binde mich an dein Elend, daß ich es dir tragen helfe.«

»Mädchen, Mädchen, nimm es zurück, das rasche Wort, das törichte, das deinen Lippen entflohen – und kennst du es, dieses Elend, kennst du ihn, diesen Fluch? Weißt du, wer dein Geliebter – – was er –? – Siehst du mich nicht krampfhaft zusammenschaudern und vor dir ein Geheimnis haben?« Sie fiel schluchzend mir zu Füßen und wiederholte mit Eidschwur ihre Bitte. –

Ich erklärte mich gegen den hereintretenden Forstmeister, meine Absicht sei, am Ersten des nächstkünftigen Monats um die Hand seiner Tochter anzuhalten – ich setzte diese Zeit fest, weil sich bis dahin manches ereignen dürfte, was Einfluß auf mein Schicksal haben könnte. Unwandelbar sei nur meine Liebe zu seiner Tochter. –

Der gute Mann erschrak ordentlich, als er solche Worte aus dem Munde des Grafen Peter vernahm. Er fiel mir um den Hals und ward wieder ganz verschämt, sich vergessen zu haben. Nun fiel es ihm ein, zu zweifeln, zu erwägen und zu forschen; er sprach von Mitgift, von Sicherheit, von Zukunft für sein liebes Kind. Ich dankte ihm, mich daran zu mahnen. Ich sagte ihm, ich wünsche in dieser Gegend, wo ich geliebt zu sein schien, mich anzusiedeln und ein sorgenfreies Leben zu führen. Ich bat ihn, die schönsten Güter, die im Lande ausgeboten wurden, unter dem Namen seiner Tochter zu kaufen und die Bezahlung auf mich anzuweisen. Es könne darin ein Vater dem Liebenden am besten dienen. – Es gab ihm viel zu tun, denn überall war ihm ein Fremder zuvorgekommen; er kaufte auch nur für ungefähr eine Million.

Daß ich ihn damit beschäftigte, war im Grunde eine unschuldige List, um ihn zu entfernen, und ich hatte schon ähnliche mit ihm gebraucht, denn ich muß gestehen, daß er etwas lästig war. Die gute Mutter war dagegen etwas taub und nicht, wie er, auf die Ehre eifersüchtig, den Herrn Grafen zu unterhalten.

Die Mutter kam hinzu, die glücklichen Leute drangen in mich, den Abend länger unter ihnen zu bleiben; ich durfte keine Minute weilen: ich sah schon den aufgehenden Mond am Horizonte dämmern. – Meine Zeit war um. –

Am nächsten Abend ging ich wieder nach dem Förstergarten. Ich hatte den Mantel weit über die Schulter geworfen, den Hut tief in die Augen gedrückt, ich ging auf Mina zu; wie sie aufsah und mich anblickte, machte sie eine unwillkürliche Bewegung: da stand mir wieder klar vor der Seele die Erscheinung jener schaurigen Nacht, wo ich mich im Mondschein ohne Schatten gezeigt. Sie war es wirklich. Hatte sie mich aber auch jetzt erkannt? Sie war still und gedankenvoll – mir lag es zentnerschwer auf der Brust – ich stand von meinem Sitz auf. Sie warf sich stille weinend an meine Brust. Ich ging.

Nun fand ich sie öfters in Tränen; mir ward's finster und finsterer um die Seele – nur die Eltern schwammen in überschwenglicher Glückseligkeit; der verhängnisvolle Tag rückte heran, bang und dumpf wie eine Gewitterwolke. Der Vorabend war da – ich konnte kaum mehr atmen. Ich hatte vorsorglich einige Kisten mit Gold angefüllt, ich wachte die zwölfte Stunde heran. – Sie schlug. –

Nun saß ich da, das Auge auf die Zeiger der Uhr gerichtet, die Sekunden, die Minuten zählend wie Dolchstiche. Bei jedem Lärm, der sich regte, fuhr ich auf, der Tag brach an. Die bleiernen Stunden verdrängten einander; es ward Mittag, Abend, Nacht; es rückten die Zeiger, welkte die Hoffnung; es schlug elf, und nichts erschien; die letzten Minuten der letzten Stunde fielen, und nichts erschien, es schlug der erste Schlag, der letzte Schlag der zwölften Stunde, und ich sank hoffnungslos in unendlichen Tränen auf mein Lager zurück. Morgen sollt' ich – auf immer schattenlos, um die Hand der Geliebten anhalten; ein banger Schlaf drückte mir gegen den Morgen die Augen zu.

V

Es war noch früh, als mich Stimmen weckten, die sich in meinem Vorzimmer in heftigem Wortwechsel erhoben. Ich horchte auf. – Bendel verbot meine Tür; Rascal schwur hoch und teuer, keine Befehle von seinesgleichen anzunehmen und bestand darauf, in meine Zimmer einzudringen. Der gütige Bendel verwies ihm, daß solche Worte, falls sie zu meinen Ohren kämen, ihn um einen vorteilhaften Dienst bringen würden. Rascal drohte, Hand an ihn zu legen, wenn er ihm den Eingang noch länger vertreten wollte.

Ich hatte mich halb angezogen, ich riß zornig die Tür auf und fuhr auf Rascal zu – »Was willst du, Schurke – –« er trat zwei Schritte zurück und antwortete ganz kalt: »Sie untertänigst bitten, Herr Graf, mich doch einmal Ihren Schatten sehen zu lassen – die Sonne scheint eben so schön auf dem Hofe.« –

Ich war wie vom Donner gerührt. Es dauerte lange, bis ich die Sprache wiederfand. – »Wie kann ein Knecht gegen seinen Herrn –?« Er fiel mir ganz ruhig in die Rede: »Ein Knecht kann ein sehr ehrlicher Mann sein und einem Schattenlosen nicht dienen wollen, ich fordre meine Entlassung.« Ich mußte andere Saiten aufziehen. »Aber Rascal, lieber Rascal, wer hat dich auf die unglückliche Idee gebracht? wie kannst du denken – –?« Er fuhr im selben Tone fort: »Es wollen Leute behaupten, Sie hätten keinen Schatten – und kurz, Sie zeigen mir Ihren Schatten oder geben mir meine Entlassung.«

Bendel, bleich und zitternd, aber besonnener als ich, machte

mir ein Zeichen; ich nahm zu dem alles beschwichtigenden
Golde meine Zuflucht – auch das hatte seine Macht ver-
verloren – er warf's mir vor die Füße: »Von einem Schattenlosen nehme ich nichts an.« Er kehrte mir den Rücken und
ging, den Hut auf dem Kopf, ein Liedchen pfeifend, langsam aus dem Zimmer. Ich stand mit Bendel da wie ver-
steint, gedanken- und regungslos ihm nachsehend.

Schwer aufseufzend und den Tod im Herzen, schickt' ich
mich endlich an, mein Wort zu lösen und, wie ein Verbrecher vor seinen Richtern, in dem Förstergarten zu erscheinen. Ich stieg in der dunklen Laube ab, welche nach mir
benannt war und wo sie mich auch diesmal erwarten mußten. Die Mutter kam mir sorgenfrei und freudig entgegen.
Mina saß da, bleich und schön wie der erste Schnee, der
manchmal im Herbste die letzten Blumen küßt und gleich
in bittres Wasser zerfließen wird. Der Forstmeister, ein ge-
schriebenes Blatt in der Hand, ging heftig auf und ab und
schien vieles in sich zu unterdrücken, was, mit fliegender
Röte und Blässe wechselnd, sich auf seinem sonst unbeweg-
lichen Gesichte malte. Er kam auf mich zu, als ich hereintrat, und verlangte mit oft unterbrochenen Worten, mich
allein zu sprechen. Der Gang, auf den er mich ihm zu folgen einlud, führte nach einem freien, besonnten Teile des
Gartens – ich ließ mich stumm auf einen Sitz nieder, und es
erfolgte ein langes Schweigen, das selbst die gute Mutter
nicht zu unterbrechen wagte.

Der Forstmeister stürmte immer noch ungleichen Schrittes
die Laube auf und ab; er stand mit einemmal vor mir still,
blickte ins Papier, das er hielt, und fragte mich mit prü-
fendem Blick: »Sollte Ihnen, Herr Graf, ein gewisser Peter
Schlemihl wirklich nicht unbekannt sein?« Ich schwieg –
»Ein Mann von vorzüglichem Charakter und von besonde-
ren Gaben –« Er erwartete eine Antwort. – »Und wenn ich
selber der Mann wäre?« – »Dem«, fügte er heftig hinzu,
»sein Schatten abhanden gekommen ist!!« – »Oh, meine
Ahnung, meine Ahnung!« rief Mina aus, »ja, ich weiß es
längst, er hat keinen Schatten!«, und sie warf sich in die

Arme der Mutter, welche erschreckt, sie krampfhaft an sich schließend, ihr Vorwürfe machte, daß sie zum Unheil solch ein Geheimnis in sich verschlossen. Sie aber war, wie Arethusa, in einen Tränenquell gewandelt, der beim Klang meiner Stimme häufiger floß und bei meinem Nahen stürmisch aufbrauste.

»Und Sie haben«, hub der Forstmeister grimmig wieder an, »und Sie haben mit unerhörter Frechheit diese und mich zu betrügen keinen Anstand genommen; und Sie geben vor, sie zu lieben, die Sie so weit heruntergebracht haben? Sehen Sie, wie sie da weint und ringt. O schrecklich, schrecklich!« –

Ich hatte dergestalt alle Besinnung verloren, daß ich, wie irre redend, anfing: Es wäre doch am Ende ein Schatten nichts als ein Schatten, man könne auch ohne das fertig werden, und es wäre nicht der Mühe wert, solchen Lärm davon zu erheben. Aber ich fühlte so sehr den Ungrund von dem, was ich sprach, daß ich von selbst aufhörte, ohne daß er mich einer Antwort gewürdigt. Ich fügte noch hinzu: was man einmal verloren, könne man ein andermal wiederfinden.

Er fuhr mich zornig an. – »Gestehen Sie mir's, mein Herr, gestehen Sie mir's, wie sind Sie um Ihren Schatten gekommen?« Ich mußte wieder lügen: »Es trat mir dereinst ein ungeschlachter Mann so flämisch in meinen Schatten, daß er ein großes Loch darein riß – ich habe ihn nur zum Ausbessern gegeben, denn Gold vermag viel; ich habe ihn schon gestern wieder bekommen sollen.« –

»Wohl, mein Herr, ganz wohl!« erwiderte der Forstmeister, »Sie werben um meine Tochter, das tun auch andere, ich habe als ein Vater für sie zu sorgen, ich gebe Ihnen drei Tage Frist, binnen welcher Sie sich nach einem Schatten umtun mögen; erscheinen Sie binnen drei Tagen vor mir mit einem wohlangepaßten Schatten, so sollen Sie mir willkommen sein; am vierten Tage aber – das sag ich Ihnen – ist meine Tochter die Frau eines andern.« – Ich wollte noch versuchen, ein Wort an Mina zu richten; aber sie schloß

sich, heftiger schluchzend, fester an ihre Mutter, und diese
winkte mir stillschweigend, mich zu entfernen. Ich
schwankte hinweg, und mir war's, als schlösse sich hinter
mir die Welt zu.

5 Der liebevollen Aufsicht Bendels entsprungen, durchschweifte ich in irrem Lauf Wälder und Fluren. Angst-
schweiß troff von meiner Stirne, ein dumpfes Stöhnen ent-
rang sich meiner Brust, in mir tobte Wahnsinn. –
Ich weiß nicht, wie lange es so gedauert haben mochte, als
10 ich mich auf einer sonnigen Heide beim Ärmel anhalten
fühlte. – Ich stand still und sah mich um – – es war der
Mann im grauen Rock, der sich nach mir außer Atem gelaufen zu haben schien. Er nahm sogleich das Wort:
»Ich hatte mich auf den heutigen Tag angemeldet, Sie
15 haben die Zeit nicht erwarten können. Es steht aber alles
noch gut; Sie nehmen Rat an, tauschen Ihren Schatten wieder ein, der Ihnen zu Gebote steht, und kehren sogleich
wieder um. Sie sollen in dem Förstergarten willkommen
sein, und alles ist nur ein Scherz gewesen: den Rascal, der
20 Sie verraten hat und um Ihre Braut wirbt, nehm ich auf
mich, der Kerl ist reif.«
Ich stand noch wie im Schlafe da. – »Auf den heutigen
Tag angemeldet –?« Ich überdachte noch einmal die Zeit –
er hatte recht, ich hatte mich stets um einen Tag verrech-
25 net. Ich suchte mit der rechten Hand nach dem Säckel auf
meiner Brust – er erriet meine Meinung und trat zwei
Schritte zurück.
»Nein, Herr Graf, der ist in zu guten Händen, den behalten Sie.« – Ich sah ihn mit stieren Augen, verwundert fra-
30 gend, an; er fuhr fort: »Ich erbitte mir bloß eine Kleinigkeit zum Andenken: Sie sind nur so gut und unterschreiben
mir den Zettel da.« – Auf dem Pergament standen die
Worte:
»Kraft dieser meiner Unterschrift vermache ich dem In-
35 haber dieses meine Seele nach ihrer natürlichen Trennung
von meinem Leibe.«
Ich sah mit stummem Staunen die Schrift und den grauen

Unbekannten abwechselnd an. – Er hatte unterdessen mit einer neu geschnittenen Feder einen Tropfen Bluts aufgefangen, der mir aus einem frischen Dornenriß auf die Hand floß, und hielt sie mir hin. –

»Wer sind Sie denn?« frug ich ihn endlich. – »Was tut's«, gab er mir zu Antwort, »und sieht man es mir nicht an? Ein armer Teufel, gleichsam so eine Art von Gelehrten und Physikus, der von seinen Freunden für vortreffliche Künste schlechten Dank erntet und für sich selber auf Erden keinen andern Spaß hat als sein bißchen Experimentieren – aber unterschreiben Sie doch. Rechts, da unten: Peter Schlemihl.«

Ich schüttelte mit dem Kopf und sagte: »Verzeihen Sie, mein Herr, das unterschreibe ich nicht.« – »Nicht?« wiederholte er verwundert, »und warum nicht?« –

»Es scheint mir doch gewissermaßen bedenklich, meine Seele an meinen Schatten zu setzen.« – – »So, so!« wiederholte er, »bedenklich«, und er brach in ein lautes Gelächter gegen mich aus. »Und, wenn ich fragen darf, was ist denn das für ein Ding, Ihre Seele? Haben Sie es je gesehen, und was denken Sie damit anzufangen, wenn Sie einst tot sind? Seien Sie doch froh, einen Liebhaber zu finden, der Ihnen bei Lebenszeit noch den Nachlaß dieses X, dieser galvanischen Kraft oder polarisierenden Wirksamkeit und was alles das närrische Ding soll, mit etwas Wirklichem bezahlen will, nämlich mit Ihrem leibhaftigen Schatten, durch den Sie zu der Hand Ihrer Geliebten und zu der Erfüllung aller Ihrer Wünsche gelangen können. Wollen Sie lieber selbst das arme junge Blut dem niederträchtigen Schurken, dem Rascal, zustoßen und ausliefern? – Nein, das müssen Sie doch mit eigenen Augen ansehen; kommen Sie, ich leihe Ihnen die Tarnkappe hier« (er zog etwas aus der Tasche), »und wir wallfahrten ungesehen nach dem Förstergarten.« –

Ich muß gestehen, daß ich mich überaus schämte, von diesem Manne ausgelacht zu werden. Er war mir von Herzensgrunde verhaßt, und ich glaube, daß mich dieser persön-

liche Widerwille mehr als Grundsätze oder Vorurteile ab-
hielt, meinen Schatten, so notwendig er mir auch war, mit
der begehrten Unterschrift zu erkaufen. Auch war mir der
Gedanke unerträglich, den Gang, den er mir antrug, in
5 seiner Gesellschaft zu unternehmen. Diesen häßlichen
Schleicher, diesen hohnlächelnden Kobold zwischen mich
und meine Geliebte, zwei blutig zerrissene Herzen, spöt-
tisch hintreten zu sehen, empörte mein innigstes Gefühl.
Ich nahm, was geschehen war, als verhängt an, mein Elend
10 als unabwendbar, und mich zu dem Manne kehrend, sagte
ich ihm:
»Mein Herr, ich habe Ihnen meinen Schatten für diesen an
sich sehr vorzüglichen Säckel verkauft, und es hat mich
genug gereut. Kann der Handel zurückgehen, in Gottes
15 Namen!« Er schüttelte mit dem Kopf und zog ein sehr
finsteres Gesicht. Ich fuhr fort: – »So will ich Ihnen auch
weiter nichts von meiner Habe verkaufen, sei es auch um
den angebotenen Preis meines Schattens, und unterschreibe
also nichts. Daraus läßt sich auch abnehmen, daß die Ver-
20 kappung, zu der Sie mich einladen, ungleich belustigender
für Sie als für mich ausfallen müßte; halten Sie mich also
für entschuldigt, und da es einmal nicht anders ist – laßt
uns scheiden!« –
»Es ist mir leid, Monsieur Schlemihl, daß Sie eigensinnig
25 das Geschäft von der Hand weisen, das ich Ihnen freund-
schaftlich anbot. Indessen, vielleicht bin ich ein andermal
glücklicher. Auf baldiges Wiedersehen! – A propos, erlauben Sie mir noch, Ihnen zu zeigen, daß ich die Sachen, die
ich kaufe, keineswegs verschimmeln lasse, sondern in Ehren
30 halte, und daß sie bei mir gut aufgehoben sind.« –
Er zog sogleich meinen Schatten aus seiner Tasche, und ihn
mit einem geschickten Wurf auf der Heide entfaltend,
breitete er ihn auf der Sonnenseite zu seinen Füßen aus, so,
daß er zwischen den beiden ihm aufwartenden Schatten,
35 dem meinen und dem seinen, daher ging; denn meiner
mußte ihm gleichfalls gehorchen und nach allen seinen
Bewegungen sich richten und bequemen.

Als ich nach so langer Zeit einmal meinen armen Schatten wiedersah und ihn zu solchem schnöden Dienst herabgewürdigt fand, eben als ich um seinetwillen in so namenloser Not war, da brach mir das Herz, und ich fing bitterlich zu weinen an. Der Verhaßte stolzierte mit dem mir abgejagten Raube und erneuerte unverschämt seinen Antrag:

»Noch ist er für Sie zu haben; ein Federzug, und Sie retten damit die arme unglückliche Mina aus des Schuftes Klauen in des hochgeehrten Herrn Grafen Arme – wie gesagt, nur ein Federzug.« Meine Tränen brachen mit erneuerter Kraft hervor; aber ich wandte mich weg und winkte ihm, sich zu entfernen.

Bendel, der voller Sorgen meine Spuren bis hieher verfolgt hatte, traf in diesem Augenblick ein. Als mich die treue, fromme Seele weinend fand und meinen Schatten – denn er war nicht zu verkennen – in der Gewalt des wunderlichen grauen Unbekannten sah, beschloß er gleich, sei es auch mit Gewalt, mich in den Besitz meines Eigentums wieder herzustellen, und da er selbst mit dem zarten Dinge nicht umzugehen verstand, griff er gleich den Mann mit Worten an, und ohne vieles Fragen gebot er ihm stracks, mir das Meine unverzüglich verabfolgen zu lassen. Dieser, statt aller Antwort, kehrte dem unschuldigen Burschen den Rücken und ging. Bendel aber erhob den Kreuzdornknüttel, den er trug, und ihm auf den Fersen folgend, ließ er ihn schonungslos unter wiederholtem Befehl, den Schatten herzugeben, die volle Kraft seines nervichten Armes fühlen. Jener, als sei er solcher Behandlung gewohnt, bückte den Kopf, wölbte die Schultern und zog stillschweigend ruhigen Schrittes seinen Weg über die Heide weiter, mir meinen Schatten zugleich und meinen treuen Diener entführend. Ich hörte lange noch den dumpfen Schall durch die Einöde dröhnen, bis er sich endlich in der Entfernung verlor. Einsam war ich wie vorher mit meinem Unglück.

VI

Allein zurückgeblieben auf der öden Heide, ließ ich unendlichen Tränen freien Lauf, mein armes Herz von namenloser, banger Last erleichternd. Aber ich sah meinem über-
5 schwenglichen Elend keine Grenzen, keinen Ausgang, kein
Ziel, und ich sog besonders mit grimmigem Durst an dem
neuen Gifte, das der Unbekannte in meine Wunden gegos-
sen. Als ich Minas Bild vor meine Seele rief und die geliebte, süße Gestalt bleich und in Tränen mir erschien, wie
10 ich sie zuletzt in meiner Schmach gesehen, da trat frech
und höhnend Rascals Schemen zwischen sie und mich; ich
verhüllte mein Gesicht und floh durch die Einöde, aber die
scheußliche Erscheinung gab mich nicht frei, sondern verfolgte mich im Laufe, bis ich atemlos an den Boden sank
15 und die Erde mit erneuertem Tränenquell befeuchtete.
Und alles um einen Schatten! Und diesen Schatten hätte
mir ein Federzug wieder erworben. Ich überdachte den be-
fremdenden Antrag und meine Weigerung. Es war wüst in
mir, ich hatte weder Urteil noch Fassungsvermögen mehr.
20 Der Tag verging. Ich stillte meinen Hunger mit wilden
Früchten, meinen Durst im nächsten Bergstrom; die Nacht
brach ein, ich lagerte mich unter einem Baum. Der feuchte
Morgen weckte mich aus einem schweren Schlaf, indem ich
mich selber wie im Tode röcheln hörte. Bendel mußte
25 meine Spur verloren haben, und es freute mich, es zu denken. Ich wollte nicht unter die Menschen zurückkehren,
vor welchen ich schreckhaft floh wie das scheue Wild des
Gebirges. So verlebte ich drei bange Tage.
Ich befand mich am Morgen des vierten auf einer sandigen
30 Ebene, welche die Sonne beschien, und saß auf Felsentrüm-
mern in ihrem Strahl; denn ich liebte jetzt, ihren lang ent-
behrten Anblick zu genießen. Ich nährte still mein Herz
mit seiner Verzweiflung. Da schreckte mich ein leises Geräusch auf; ich warf, zur Flucht bereit, den Blick um mich
35 her, ich sah niemand: aber es kam auf dem sonnigen
Sande an mir vorbei geglitten ein Menschenschatten, dem

meinigen nicht unähnlich, welcher, allein daherwandelnd,
von seinem Herrn abgekommen zu sein schien.
Da erwachte in mir ein mächtiger Trieb: Schatten, dacht'
ich, suchst du deinen Herrn? der will ich sein. Und ich
sprang hinzu, mich seiner zu bemächtigen: ich dachte nämlich, daß, wenn es mir glückte, in seine Spur zu treten, so,
daß er mir an die Füße käme, er wohl daran hängenbleiben
würde und sich mit der Zeit an mich gewöhnen.
Der Schatten, auf meine Bewegung, nahm vor mir die
Flucht, und ich mußte auf den leichten Flüchtling eine
angestrengte Jagd beginnen, zu der mich allein der Gedanke, mich aus der furchtbaren Lage, in der ich war, zu
retten, mit hinreichenden Kräften ausrüsten konnte. Er
floh einem freilich noch entfernten Walde zu, in dessen
Schatten ich ihn notwendig hätte verlieren müssen; – ich
sah's, ein Schreck durchzuckte mir das Herz, fachte meine
Begierde an, beflügelte meinen Lauf – ich gewann sichtbarlich auf den Schatten, ich kam ihm nach und nach näher,
ich mußte ihn erreichen. Nun hielt er plötzlich an und
kehrte sich nach mir um. Wie der Löwe auf seine Beute, so
schoß ich mit einem gewaltigen Sprunge hinzu, um ihn in
Besitz zu nehmen – und traf unerwartet und hart auf
körperlichen Widerstand. Es wurden mir unsichtbar die
unerhörtesten Rippenstöße erteilt, die wohl je ein Mensch
gefühlt hat.
Die Wirkung des Schreckens war in mir, die Arme krampfhaft zuzuschlagen und fest zu drücken, was ungesehen vor
mir stand. Ich stürzte in der schnellen Handlung vorwärts
gestreckt auf den Boden; rückwärts aber unter mir ein
Mensch, den ich umfaßt hielt und der jetzt erst sichtbar
erschien.
Nun ward mir auch das ganze Ereignis sehr natürlich er-
klärbar. Der Mann mußte das unsichtbare Vogelnest, welches den, der es hält, nicht aber seinen Schatten unsichtbar
macht, erst getragen und jetzt weggeworfen haben. Ich
spähete mit dem Blick umher, entdeckte gar bald den
Schatten des unsichtbaren Nestes selbst, sprang auf und

hinzu und verfehlte nicht den teuern Raub. Ich hielt unsichtbar, schattenlos das Nest in den Händen.

Der schnell sich aufrichtende Mann, sich sogleich nach seinem beglückten Bezwinger umsehend, erblickte auf der weiten, sonnigen Ebene weder ihn noch dessen Schatten, nach dem er besonders ängstlich umher lauschte. Denn daß ich an und für mich schattenlos war, hatte er vorher nicht Muße gehabt zu bemerken und konnte es nicht vermuten. Als er sich überzeugt, daß jede Spur verschwunden, kehrte er in der höchsten Verzweiflung die Hand gegen sich selber und raufte sich das Haar aus. Mir aber gab der errungene Schatz die Möglichkeit und die Begierde zugleich, mich wieder unter die Menschen zu mischen. Es fehlte mir nicht an Vorwand gegen mich selber, meinen schnöden Raub zu beschönigen, oder vielmehr, ich bedurfte solches nicht, und jedem Gedanken der Art zu entweichen, eilte ich hinweg, nach dem Unglücklichen nicht zurückschauend, dessen ängstliche Stimme ich mir noch lange nachschallen hörte. So wenigstens kamen mir damals alle Umstände dieses Ereignisses vor.

Ich brannte, nach dem Förstergarten zu gehen und durch mich selbst die Wahrheit dessen zu erkennen, was mir jener Verhaßte verkündigt hatte; ich wußte aber nicht, wo ich war; ich bestieg, um mich in der Gegend umzuschauen, den nächsten Hügel; ich sah von seinem Gipfel das nahe Städtchen und den Förstergarten zu meinen Füßen liegen. – Heftig klopfte mir das Herz, und Tränen einer andern Art, als die ich bis dahin vergossen, traten mir in die Augen: ich sollte sie wiedersehen. – Bange Sehnsucht beschleunigte meine Schritte auf dem richtigsten Pfad hinab. Ich kam ungesehen an einigen Bauern vorbei, die aus der Stadt kamen. Sie sprachen von mir, Rascaln und dem Förster; ich wollte nichts anhören, ich eilte vorüber.

Ich trat in den Garten, alle Schauer der Erwartung in der Brust – mir schallte es wie ein Lachen entgegen, mich schauderte, ich warf einen schnellen Blick um mich her; ich konnte niemanden entdecken. Ich schritt weiter vor,

mir war's, als vernähme ich neben mir ein Geräusch wie
von Menschentritten; es war aber nichts zu sehen: ich
dachte mich von meinem Ohre getäuscht. Es war noch
früh, niemand in Graf Peters Laube, noch leer der Garten;
ich durchschweifte die bekannten Gänge, ich drang bis   5
nach dem Wohnhause vor. Dasselbe Geräusch verfolgte
mich vernehmlicher. Ich setzte mich mit angstvollem Herzen auf eine Bank, die im sonnigen Raume der Haustür
gegenüber stand. Es ward mir, als hörte ich den ungese-
nen Kobold sich hohnlachend neben mich setzen. Der   10
Schlüssel ward in der Tür gedreht, sie ging auf, der Forstmeister trat heraus, mit Papieren in der Hand. Ich fühlte
mir wie Nebel über den Kopf ziehn, ich sah mich um, und
– Entsetzen! – der Mann im grauen Rock saß neben mir,
mit satanischem Lächeln auf mich blickend. – Er hatte mir   15
seine Tarnkappe mit über den Kopf gezogen, zu seinen
Füßen lagen sein und mein Schatten friedlich nebenein-
ander; er spielte nachlässig mit dem bekannten Pergament,
das er in der Hand hielt, und indem der Forstmeister mit
den Papieren beschäftigt im Schatten der Laube auf und ab   20
ging – beugte er sich vertraulich zu meinem Ohr und flüsterte mir die Worte:
»So hätten Sie denn doch meine Einladung angenommen,
und da säßen wir einmal zwei Köpfe unter einer Kappe. –
Schon recht! schon recht! Nun geben Sie mir aber auch   25
mein Vogelnest zurück; Sie brauchen es nicht mehr und
sind ein zu ehrlicher Mann, um es mir vorenthalten zu wollen – doch keinen Dank dafür, ich versichere Sie, daß ich
es Ihnen von Herzen gern geliehen habe.« – Er nahm es
unweigerlich aus meiner Hand, steckte es in die Tasche und   30
lachte mich abermals aus, und zwar so laut, daß sich der
Forstmeister nach dem Geräusch umsah. – Ich saß wie ver-
steinert da.
»Sie müssen mir doch gestehen«, fuhr er fort, »daß so eine
Kappe viel bequemer ist. Sie deckt doch nicht nur ihren   35
Mann, sondern auch seinen Schatten mit und noch so viele
andere, als er mitzunehmen Lust hat. Sehen Sie, heute führ

54

ich wieder ihrer zwei.« – Er lachte wieder. »Merken Sie sich's, Schlemihl, was man anfangs mit Gutem nicht will, das muß man am Ende doch gezwungen. Ich dächte noch, Sie kauften mir das Ding ab, nähmen die Braut zurück – denn noch ist es Zeit –, und wir ließen den Rascal am Galgen baumeln, das wird uns ein leichtes, solange es uns am Stricke nicht fehlt. – Hören Sie, ich gebe Ihnen noch meine Mütze in den Kauf.«

Die Mutter trat heraus, und das Gespräch begann. – »Was macht Mina?« – »Sie weint.« – »Einfältiges Kind! Es ist doch nicht zu ändern!« – »Freilich nicht; aber sie so früh einem andern zu geben – – O Mann, du bist grausam gegen dein eigenes Kind.« – »Nein, Mutter, das siehst du sehr falsch. Wenn sie, noch bevor sie ihre doch kindischen Tränen ausgeweint hat, sich als die Frau eines sehr reichen und geehrten Mannes findet, wird sie getröstet aus ihrem Schmerze wie aus einem Traum erwachen und Gott und uns danken, das wirst du sehen!« – »Gott gebe es!« – »Sie besitzt freilich jetzt sehr ansehnliche Güter; aber nach dem Aufsehen, das die unglückliche Geschichte mit dem Abenteurer gemacht hat, glaubst du, daß sich so bald eine andere, für sie so passende Partie als der Herr Rascal finden möchte? Weißt du, was für ein Vermögen er besitzt, der Herr Rascal? Er hat für sechs Millionen Güter hier im Lande, frei von allen Schulden, bar bezahlt. Ich habe die Dokumente in Händen gehabt! Er war's, der mir überall das Beste vorweg genommen hat; und außerdem im Portefeuille Papiere auf Thomas John für zirka viertehalb Millionen.« – »Er muß sehr viel gestohlen haben.« – »Was sind das wieder für Reden! Er hat weislich gespart, wo verschwendet wurde.« – »Ein Mann, der die Livree getragen hat.« – »Dummes Zeug! Er hat doch einen untadeligen Schatten« – »Du hast recht; aber – –«

Der Mann im grauen Rock lachte und sah mich an. Die Türe ging auf, und Mina trat heraus. Sie stützte sich auf den Arm einer Kammerfrau; stille Tränen flossen auf ihre schönen blassen Wangen. Sie setzte sich in einen Sessel, der für sie unter den Linden bereitet war, und ihr Vater nahm einen Stuhl neben ihr. Er faßte zärtlich ihre Hand und redete sie, die heftiger zu weinen anfing, mit zarten Worten an:

»Du bist mein gutes, liebes Kind, du wirst auch vernünftig sein, wirst nicht deinen alten Vater betrüben wollen, der nur dein Glück will; ich begreife es wohl, liebes Herz, daß es dich sehr erschüttert hat; du bist wunderbar deinem Unglücke entkommen! Bevor wir den schändlichen Betrug entdeckt, hast du diesen Unwürdigen sehr geliebt; siehe, Mina, ich weiß es und mache dir keine Vorwürfe darüber. Ich selber, liebes Kind, habe ihn auch geliebt, solange ich ihn für einen großen Herrn angesehen habe. Nun siehst du selber ein, wie anders alles geworden. Was! ein jeder Pudel hat ja seinen Schatten, und mein liebes einziges Kind sollte einen Mann – – Nein, du denkst auch gar nicht mehr an ihn. – Höre, Mina, nun wirbt ein Mann um dich, der die Sonne nicht scheut, ein geehrter Mann, der freilich kein Fürst ist, aber zehn Millionen, zehnmal mehr als du in Vermögen besitzt, ein Mann, der mein liebes Kind glücklich machen wird. Erwidere mir nichts, widersetze dich nicht, sei meine gute, gehorsame Tochter, laß deinen liebenden Vater für dich sorgen, deine Tränen trocknen. Versprich mir, dem Herrn Rascal deine Hand zu geben – Sage, willst du mir dies versprechen?« –

Sie antwortete mit erstorbener Stimme: »Ich habe keinen Willen, keinen Wunsch fürder auf Erden. Geschehe mit mir, was mein Vater will.« Zugleich ward Herr Rascal angemeldet und trat frech in den Kreis. Mina lag in Ohnmacht. Mein verhaßter Gefährte blickte mich zornig an und flüsterte mir die schnellen Worte: »Und das könnten Sie erdulden! Was fließt Ihnen denn statt des Blutes in den Adern?« Er ritzte mir mit einer raschen Bewegung eine leichte Wunde in die Hand, es floß Blut, er fuhr fort: »Wahrhaftig! rotes Blut! – So unterschreiben Sie!« Ich hatte das Pergament und die Feder in Händen.

VII

Ich werde mich deinem Urteile bloßstellen, lieber Chamisso, und es nicht zu bestechen suchen. Ich selbst habe lange strenges Gericht an mir selber vollzogen, denn ich habe den quälenden Wurm in meinem Herzen genährt. Es schwebte immerwährend dieser ernste Moment meines Lebens vor meiner Seele, und ich vermocht' es nur zweifelnden Blickes, mit Demut und Zerknirschung anzuschauen. – Lieber Freund, wer leichtsinnig nur den Fuß aus der geraden Straße setzt, der wird unversehens in andere Pfade abgeführt, die abwärts und immer abwärts ihn ziehen; er sieht dann umsonst die Leitsterne am Himmel schimmern, ihm bleibt keine Wahl, er muß unaufhaltsam den Abhang hinab und sich selbst der Nemesis opfern. Nach dem übereilten Fehltritt, der den Fluch auf mich geladen, hatt' ich durch Liebe frevelnd in eines andern Wesens Schicksal mich gedrängt; was blieb mir übrig, als, wo ich Verderben gesäet, wo schnelle Rettung von mir geheischt ward, eben rettend blindlings hinzuzuspringen? denn die letzte Stunde schlug. – Denke nicht so niedrig von mir, mein Adelbert, als zu meinen, es hätte mich irgendein geforderter Preis zu teuer gedünkt, ich hätte mit irgend etwas, was nur mein war, mehr als eben mit Gold gekargt. – Nein, Adelbert; aber mit unüberwindlichem Hasse gegen diesen rätselhaften Schleicher auf krummen Wegen war meine Seele angefüllt. Ich mochte ihm unrecht tun, doch empörte mich jede Gemeinschaft mit ihm. – Auch hier trat, wie so oft schon in mein Leben und wie überhaupt so oft in die Weltgeschichte, ein Ereignis an die Stelle einer Tat. Später habe ich mich mit mir selber versöhnt. Ich habe erstlich die Notwendigkeit verehren lernen, und was ist mehr als die getane Tat, das geschehene Ereignis, ihr Eigentum! Dann hab ich auch diese Notwendigkeit als eine weise Fügung verehren lernen, die durch das gesamte große Getrieb' weht, darin wir bloß als mitwirkende, getriebene treibende Räder eingreifen; was sein soll, muß geschehen, was sein sollte, geschah, und nicht ohne jene Fügung, die ich endlich noch in meinem Schicksale und dem Schicksale derer, die das meine mit angriff, verehren lernte.

Ich weiß nicht, ob ich es der Spannung meiner Seele unter dem Drange so mächtiger Empfindungen zuschreiben soll, ob der Erschöpfung meiner physischen Kräfte, die während der letzten Tage ungewohntes Darben geschwächt, ob endlich dem zerstörenden Aufruhr, den die Nähe dieses grauen Unholdes in meiner ganzen Natur erregte; genug, es befiel mich, als es an das Unterschreiben ging, eine tiefe Ohnmacht, und ich lag eine lange Zeit wie in den Armen des Todes.

Fußstampfen und Fluchen waren die ersten Töne, die mein Ohr trafen, als ich zum Bewußtsein zurückkehrte; ich öffnete die Augen, es war dunkel; mein verhaßter Begleiter war scheltend um mich bemüht. »Heißt das nicht wie ein altes Weib sich aufführen! – Man raffe sich auf und vollziehe frisch, was man beschlossen, oder hat man sich anders besonnen und will lieber greinen?« – Ich richtete mich mühsam auf von der Erde, wo ich lag, und schaute schweigend um mich. Es war später Abend, aus dem hell erleuchteten Försterhause erscholl festliche Musik, einzelne Gruppen von Menschen wallten durch die Gänge des Gartens. Ein paar traten im Gespräch näher und nahmen Platz auf der Bank, worauf ich früher gesessen hatte. Sie unterhielten sich von der an diesem Morgen vollzogenen Verbindung des reichen Herrn Rascal mit der Tochter des Hauses. – Es war also geschehen.

Ich streifte mit der Hand die Tarnkappe des sogleich mir verschwindenden Unbekannten von meinem Haupte weg und eilte stillschweigend, in die tiefste Nacht des Gebüsches mich versenkend, den Weg über Graf Peters Laube einschlagend, dem Ausgange des Gartens zu. Unsichtbar aber geleitete mich mein Plagegeist, mich mit scharfen Worten verfolgend. »Das ist also der Dank für die Mühe, die man genommen hat, Monsieur, der schwache Nerven hat, den langen lieben Tag hindurch zu pflegen. Und man soll den

Narren im Spiele abgeben. Gut, Herr Trotzkopf, fliehn Sie nur vor mir, wir sind doch unzertrennlich. Sie haben mein Gold und ich Ihren Schatten; das läßt uns beiden keine Ruhe. – Hat man je gehört, daß ein Schatten von seinem Herrn gelassen hätte? Ihrer zieht mich Ihnen nach, bis Sie ihn wieder zu Gnaden annehmen und ich ihn los bin. Was Sie versäumt haben, aus frischer Lust zu tun, werden Sie, nur zu spät, aus Überdruß und Langeweile nachholen müssen; man entgeht seinem Schicksale nicht.« Er sprach aus demselben Tone fort und fort; ich floh umsonst, er ließ nicht nach, und immer gegenwärtig, redete er höhnend von Gold und Schatten. Ich konnte zu keinem eigenen Gedanken kommen.

Ich hatte durch menschenleere Straßen einen Weg nach meinem Hause eingeschlagen. Als ich davorstand und es ansah, konnte ich es kaum erkennen; hinter den eingeschlagenen Fenstern brannte kein Licht. Die Türen waren zu, kein Dienervolk regte sich mehr darin. Er lachte laut auf neben mir: »Ja, ja, so geht's! Aber Ihren Bendel finden Sie wohl daheim; den hat man jüngst vorsorglich so müde nach Hause geschickt, daß er es wohl seitdem gehütet haben wird.« Er lachte wieder. »Der wird Geschichten zu erzählen haben! – Wohlan denn! für heute gute Nacht, auf baldiges Wiedersehen!«

Ich hatte wiederholt geklingelt, es erschien Licht; Bendel frug von innen, wer geklingelt habe. Als der gute Mann meine Stimme erkannte, konnte er seine Freude kaum bändigen; die Tür flog auf, wir lagen weinend einander in den Armen. Ich fand ihn sehr verändert, schwach und krank; mir war aber das Haar ganz grau geworden.

Er führte mich durch die verödeten Zimmer nach einem innern, verschont gebliebenen Gemach; er holte Speise und Trank herbei, wir setzten uns, er fing wieder an zu weinen. Er erzählte mir, daß er letzthin den grau gekleideten dürren Mann, den er mit meinem Schatten angetroffen hatte, so lange und so weit geschlagen habe, bis er selbst meine Spur verloren und vor Müdigkeit hingesunken sei; daß nachher, wie er mich nicht wiederfinden gekonnt, er nach Hause zurückgekehrt, wo bald darauf der Pöbel, auf Rascals Anstiften, herangestürmt, die Fenster eingeschlagen und seine Zerstörungslust gebüßt. So hatten sie an ihrem Wohltäter gehandelt. Meine Dienerschaft war auseinandergeflohen. Die örtliche Polizei hatte mich als verdächtig aus der Stadt verwiesen und mir eine Frist von vierundzwanzig Stunden festgesetzt, um deren Gebiet zu verlassen. Zu dem, was mir von Rascals Reichtum und Vermählung bekannt war, wußte er noch vieles hinzuzufügen. Dieser Bösewicht, von dem alles ausgegangen, was hier gegen mich geschehen war, mußte von Anbeginn mein Geheimnis besessen haben; es schien, er habe, vom Golde angezogen, sich an mich zu drängen gewußt und schon in der ersten Zeit einen Schlüssel zu jenem Goldschrank sich verschafft, wo er den Grund zu dem Vermögen gelegt, das noch zu vermehren er jetzt verschmähen konnte.

Das alles erzählte mir Bendel unter häufigen Tränen und weinte dann wieder vor Freuden, daß er mich wiedersah, mich wieder hatte und daß, nachdem er lang gezweifelt, wohin das Unglück mich gebracht haben möchte, er mich es ruhig und gefaßt ertragen sah. Denn solche Gestaltung hatte nun die Verzweiflung in mir genommen. Ich sah mein Elend riesengroß, unwandelbar vor mir, ich hatte ihm meine Tränen ausgeweint, es konnte kein Geschrei mehr aus meiner Brust pressen, ich trug ihm kalt und gleichgültig mein entblößtes Haupt entgegen.

»Bendel«, hub ich an, »du weißt mein Los. Nicht ohne früheres Verschulden trifft mich schwere Strafe. Du sollst länger nicht, unschuldiger Mann, dein Schicksal an das meine binden; ich will es nicht. Ich reite die Nacht noch fort; sattle mir ein Pferd, ich reite allein; du bleibst, ich will's. Es müssen hier noch einige Kisten Goldes liegen, das behalte du. Ich werde allein unstät in der Welt wandern; wann mir aber je eine heitere Stunde wieder lacht und das Glück mich versöhnt anblickt, dann will ich deiner getreu gedenken, denn ich habe an deiner getreuen Brust in schweren, schmerzlichen Stunden geweint.«

Mit gebrochenem Herzen mußte der Redliche diesem letzten Befehle seines Herrn, worüber er in der Seele erschrak, gehorchen; ich war seinen Bitten, seinen Vorstellungen taub, blind seinen Tränen; er führte mir das Pferd vor. Ich drückte noch einmal den Weinenden an meine Brust, schwang mich in den Sattel und entfernte mich unter dem Mantel der Nacht von dem Grabe meines Lebens, unbekümmert, welchen Weg mein Pferd mich führen werde; denn ich hatte weiter auf Erden kein Ziel, keinen Wunsch, keine Hoffnung.

VIII

Es gesellte sich bald ein Fußgänger zu mir, welcher mich bat, nachdem er eine Weile neben meinem Pferde geschritten war, da wir doch denselben Weg hielten, einen Mantel, den er trug, hinten auf mein Pferd legen zu dürfen; ich ließ es stillschweigend geschehen. Er dankte mir mit leichtem Anstand für den leichten Dienst, lobte mein Pferd, nahm daraus Gelegenheit, das Glück und die Macht der Reichen hoch zu preisen, und ließ sich, ich weiß nicht wie, in eine Art von Selbstgespräch ein, bei dem er mich bloß zum Zuhörer hatte.

Er entfaltete seine Ansichten von dem Leben und der Welt und kam sehr bald auf die Metaphysik, an die die Forderung erging, das Wort aufzufinden, das aller Rätsel Lösung sei. Er setzte die Aufgabe mit vieler Klarheit auseinander und schritt fürder zu deren Beantwortung.

Du weißt, mein Freund, daß ich deutlich erkannt habe, seitdem ich den Philosophen durch die Schule gelaufen, daß ich zur philosophischen Spekulation keineswegs berufen bin und daß ich mir dieses Feld völlig abgesprochen habe; ich habe seither vieles auf sich beruhen lassen, vieles zu wissen und zu begreifen Verzicht geleistet und bin, wie du es mir selber geraten, meinem geraden Sinn vertrauend, der Stimme in mir, so viel es in meiner Macht gewesen, auf dem eigenen Wege gefolgt. Nun schien mir dieser Redekünstler mit großem Talent ein festgefügtes Gebäude aufzuführen, das in sich selbst begründet sich emportrug und wie durch eine innere Notwendigkeit bestand. Nur vermißt' ich ganz in ihm, was ich eben darin hätte suchen wollen, und so ward es mir zu einem bloßen Kunstwerk, dessen zierliche Geschlossenheit und Vollendung dem Auge allein zur Ergötzung diente; aber ich hörte dem wohlberedten Manne gerne zu, der meine Aufmerksamkeit von meinen Leiden auf sich selbst abgelenkt, und ich hätte mich ihm willig ergeben, wenn er meine Seele wie meinen Verstand in Anspruch genommen hätte.

Mittlerweile war die Zeit hingegangen, und unbemerkt hatte schon die Morgendämmerung den Himmel erhellt; ich erschrak, als ich mit einemmal aufblickte und im Osten die Pracht der Farben sich entfalten sah, die die nahe Sonne verkünden, und gegen sie war in dieser Stunde, wo die Schlagschatten mit ihrer ganzen Ausdehnung prunkten, kein Schutz, kein Bollwerk in der offenen Gegend zu ersehn! und ich war nicht allein! Ich warf einen Blick auf meinen Begleiter und erschrak wieder. – Es war kein anderer als der Mann im grauen Rock.

Er lächelte über meine Bestürzung und fuhr fort, ohne mich zum Wort kommen zu lassen: »Laßt doch, wie es einmal in der Welt Sitte ist, unsern wechselseitigen Vorteil uns auf eine Weile verbinden; zu scheiden haben wir immer noch Zeit. Die Straße hier längs dem Gebirge, ob Sie gleich noch nicht daran gedacht haben, ist doch die einzige, die Sie vernünftigerweise einschlagen können; hinab in das Tal dürfen Sie nicht, und über das Gebirge werden Sie noch weniger zurückkehren wollen, von wo Sie hergekommen sind – diese ist auch gerade meine Straße. – Ich sehe Sie schon vor der aufgehenden Sonne erblassen. Ich will Ihnen Ihren Schatten auf die Zeit unserer Gesellschaft leihen, und Sie dulden mich dafür in Ihrer Nähe; Sie haben so Ihren Bendel nicht mehr bei sich; ich will Ihnen gute Dienste lei-

sten. Sie lieben mich nicht, das ist mir leid. Sie können mich darum doch benutzen. Der Teufel ist nicht so schwarz, als man ihn malt. Gestern haben Sie mich geärgert, das ist wahr; heute will ich's Ihnen nicht nachtragen, und ich
5 habe Ihnen schon den Weg bis hierher verkürzt, das müssen Sie selbst gestehen. – Nehmen Sie doch nur einmal Ihren Schatten auf Probe wieder an.«

Die Sonne war aufgegangen, auf der Straße kamen uns Menschen entgegen; ich nahm, obgleich mit innerlichem
10 Widerwillen, den Antrag an. Er ließ lächelnd meinen Schatten zur Erde gleiten, der alsbald seine Stelle auf des Pferdes Schatten einnahm und lustig neben mir hertrabte. Mir war sehr seltsam zumut. Ich ritt an einem Trupp Landleute vorbei, die vor einem wohlhabenden Mann ehr-
15 erbietig mit entblößtem Haupte Platz machten. Ich ritt weiter und blickte gierigen Auges und klopfenden Herzens seitwärts vom Pferde herab auf diesen sonst meinen Schatten, den ich jetzt von einem Fremden, ja von einem Feinde erborgt hatte.

20 Dieser ging unbekümmert nebenher und pfiff eben ein Lied- chen. Er zu Fuß, ich zu Pferd, ein Schwindel ergriff mich, die Versuchung war zu groß, ich wandte plötzlich die Zügel, drückte beide Sporen an, und so in voller Karriere einen Seitenweg eingeschlagen; aber ich entführte den
25 Schatten nicht, der bei der Wendung vom Pferde glitt und seinen gesetzmäßigen Eigentümer auf der Landstraße er- wartete. Ich mußte beschämt umlenken, der Mann im grauen Rocke, als er ungestört sein Liedchen zu Ende ge- bracht, lachte mich aus, setzte mir den Schatten wieder
30 zurecht und belehrte mich, er würde erst an mir festhangen und bei mir bleiben wollen, wenn ich ihn wiederum als rechtmäßiges Eigentum besitzen würde. »Ich halte Sie«, fuhr er fort, »am Schatten fest, und Sie kommen mir nicht los. Ein reicher Mann, wie Sie, braucht einmal einen Schat-
35 ten, das ist nicht anders; Sie sind nur darin zu tadeln, daß Sie es nicht früher eingesehen haben.« –
Ich setzte meine Reise auf derselben Straße fort; es fanden

sich bei mir alle Bequemlichkeiten des Lebens und selbst ihre Pracht wieder ein; ich konnte mich frei und leicht bewegen, da ich einen, obgleich nur erborgten Schatten besaß, und ich flößte überall die Ehrfurcht ein, die der Reichtum gebietet; aber ich hatte den Tod im Herzen. Mein wundersamer Begleiter, der sich selbst für den unwürdigen Diener des reichsten Mannes in der Welt ausgab, war von einer außerordentlichen Dienstfertigkeit, über die Maßen gewandt und geschickt, der wahre Inbegriff eines Kammerdieners für einen reichen Mann; aber er wich nicht von meiner Seite und führte unaufhörlich das Wort gegen mich, stets die größte Zuversicht an den Tag legend, daß ich endlich, sei es auch nur, um ihn loszuwerden, den Handel mit dem Schatten abschließen würde. – Er war mir ebenso lästig als verhaßt. Ich konnte mich ordentlich vor ihm fürchten. Ich hatte mich von ihm abhängig gemacht. Er hielt mich, nachdem er mich in die Herrlichkeit der Welt, die ich floh, zurückgeführt hatte. Ich mußte seine Beredsamkeit über mich ergehen lassen und fühlte schier, er habe recht. Ein Reicher muß in der Welt einen Schatten haben, und sobald ich den Stand behaupten wollte, den er mich wieder geltend zu machen verleitet hatte, war nur ein Ausgang zu ersehen. Dieses aber stand bei mir fest, nachdem ich meine Liebe hingeopfert, nachdem mir das Leben verblaßt war, wollt' ich meine Seele nicht, sei es um alle Schatten der Welt, dieser Kreatur verschreiben. Ich wußte nicht, wie es enden sollte.

Wir saßen einst vor einer Höhle, welche die Fremden, die das Gebirg' bereisen, zu besuchen pflegen. Man hört dort das Gebrause unterirdischer Ströme aus ungemessener Tiefe heraufschallen, und kein Grund scheint den Stein, den man hineinwirft, in seinem hallenden Fall aufzuhalten. Er malte mir, wie er öfters tat, mit verschwenderischer Einbildungskraft und im schimmernden Reize der glänzendsten Farben sorgfältig ausgeführte Bilder von dem, was ich in der Welt kraft meines Säckels ausführen würde, wenn ich erst meinen Schatten wieder in meiner Gewalt hätte. Die Ellenbogen

64

auf die Knie gestützt, hielt ich mein Gesicht in meinen
Händen verborgen und hörte dem Falschen zu, das Herz
zwiefach geteilt zwischen der Verführung und dem stren-
gen Willen in mir. Ich konnte bei solchem innerlichen
5 Zwiespalt länger nicht ausdauern und begann den ent-
scheidenden Kampf:
»Sie scheinen, mein Herr, zu vergessen, daß ich Ihnen zwar
erlaubt habe, unter gewissen Bedingungen in meiner Be-
gleitung zu bleiben, daß ich mir aber meine völlige Freiheit
10 vorbehalten habe.« – »Wenn Sie befehlen, so pack ich ein.«
Die Drohung war ihm geläufig. Ich schwieg; er setzte sich
gleich daran, meinen Schatten wieder zusammenzurollen.
Ich erblaßte; aber ich ließ es stumm geschehen. Es erfolgte
ein langes Stillschweigen. Er nahm zuerst das Wort:
15 »Sie können mich nicht leiden, mein Herr, Sie hassen mich,
ich weiß es; doch warum hassen Sie mich? Ist es etwa, weil
Sie mich auf öffentlicher Straße angefallen und mir mein
Vogelnest mit Gewalt zu rauben gemeint? Oder ist es darum, daß Sie mein Gut, den Schatten, den Sie Ihrer bloßen
20 Ehrlichkeit anvertraut glaubten, mir diebischerweise zu
entwenden gesucht haben? Ich meinerseits hasse Sie darum
nicht; ich finde ganz natürlich, daß Sie alle Ihre Vorteile,
List und Gewalt geltend zu machen suchen; daß Sie übrigens die allerstrengsten Grundsätze haben und wie die
25 Ehrlichkeit selbst denken, ist eine Liebhaberei, wogegen ich
auch nichts habe. – Ich denke in der Tat nicht so streng als
Sie; ich handle bloß, wie Sie denken. Oder hab ich Ihnen
etwa irgendwann den Daumen auf die Gurgel gedrückt,
um Ihre werteste Seele, zu der ich einmal Lust habe, an
30 mich zu bringen? Hab ich von wegen meines ausgetausch-
ten Säckels einen Diener auf Sie losgelassen? Hab ich Ihnen
damit durchzugehen versucht?« Ich hatte dagegen nichts zu
erwidern; er fuhr fort: »Schon recht, mein Herr, schon
recht! Sie können mich nicht leiden; auch das begreife ich
35 wohl und verarge es Ihnen weiter nicht. Wir müssen scheiden, das ist klar, und auch Sie fangen an, mir sehr lang-
weilig vorzukommen. Um sich also meiner ferneren be-

schämenden Gegenwart völlig zu entziehen, rate ich es Ihnen noch einmal: Kaufen Sie mir das Ding ab.« – Ich hielt ihm den Säckel hin: »Um den Preis.« – »Nein!« – Ich seufzte schwer auf und nahm wieder das Wort: »Auch also. Ich dringe darauf, mein Herr, laßt uns scheiden, vertreten Sie mir länger nicht den Weg auf einer Welt, die hoffentlich geräumig genug ist für uns beide.« Er lächelte und erwiderte: »Ich gehe, mein Herr; zuvor aber will ich Sie unterrichten, wie Sie mir klingeln können, wenn Sie je Verlangen nach Ihrem untertänigsten Knecht tragen sollten: Sie brauchen nur Ihren Säckel zu schütteln, daß die ewigen Goldstücke darinnen rasseln; der Ton zieht mich augenblicklich an. Ein jeder denkt auf seinen Vorteil in dieser Welt; Sie sehen, daß ich auch Ihren zugleich bedacht bin: denn ich eröffne Ihnen offenbar eine neue Kraft. – Oh, dieser Säckel! – Und hätten gleich die Motten Ihren Schatten schon aufgefressen, der würde noch ein starkes Band zwischen uns sein. Genug, Sie haben mich an meinem Gold, befehlen Sie auch in der Ferne über Ihren Knecht; Sie wissen, daß ich mich meinen Freunden dienstfertig genug erweisen kann und daß die Reichen besonders gut mit mir stehen; Sie haben es selbst gesehen. – Nur Ihren Schatten, mein Herr, – das lassen Sie sich gesagt sein – nie wieder als unter einer einzigen Bedingung.«

Gestalten der alten Zeit traten vor meine Seele. Ich frug ihn schnell: »Hatten Sie eine Unterschrift vom Herrn John?« – Er lächelte. – »Mit einem so guten Freund hab ich es keinesweges nötig gehabt.« – »Wo ist er? Bei Gott, ich will es wissen!« Er steckte zögernd die Hand in die Tasche, und daraus, bei den Haaren hervorgezogen, erschien Thomas Johns bleiche entstellte Gestalt, und die blauen Leichenlippen bewegten sich zu den schweren Worten: »Justo judicio Dei judicatus sum; justo judicio Dei condemnatus sum.« Ich entsetzte mich, und schnell den klingenden Säckel in den Abgrund werfend, sprach ich zu ihm die letzten Worte: »So beschwör ich dich im Namen Gottes, Entsetzlicher! hebe dich von dannen und lasse dich nie wieder vor meinen Augen blicken!« Er erhub sich finster und verschwand sogleich hinter den Felsenmassen, die den wild-bewachsenen Ort begrenzten.

IX

5 Ich saß da ohne Schatten und ohne Geld; aber ein schweres Gewicht war von meiner Brust genommen, ich war heiter. Hätte ich nicht auch meine Liebe verloren, oder hätt' ich mich nur bei deren Verlust vorwurfsfrei gefühlt, ich glaube, ich hätte glücklich sein können – ich wußte aber nicht, was
10 ich anfangen sollte. Ich durchsuchte meine Taschen und fand noch einige Goldstücke darin; ich zählte sie und lachte. – Ich hatte meine Pferde unten im Wirtshause; ich schämte mich, dahin zurückzukehren, ich mußte wenigstens den Untergang der Sonne erwarten; sie stand noch hoch
15 am Himmel. Ich legte mich in den Schatten der nächsten Bäume und schlief ruhig ein.
Anmutige Bilder verwoben sich mir im luftigen Tanze zu einem gefälligen Traum. Mina, einen Blumenkranz in den Haaren, schwebte an mir vorüber und lächelte mich freund-
20 lich an. Auch der ehrliche Bendel war mit Blumen bekränzt und eilte mit freundlichem Gruße vorüber. Viele sah ich noch, und wie mich dünkt, auch dich, Chamisso, im fernen Gewühl; ein helles Licht schien, es hatte aber keiner einen Schatten, und was seltsamer ist, es sah nicht übel aus – Blu-
25 men und Lieder, Liebe und Freude unter Palmenhainen. – –
Ich konnte die beweglichen, leicht verwehten, lieblichen Gestalten weder festhalten noch deuten; aber ich weiß, daß ich gerne solchen Traum träumte und mich vor dem Erwachen in acht nahm; ich wachte wirklich schon und
30 hielt noch die Augen zu, um die weichenden Erscheinungen länger vor meiner Seele zu behalten.
Ich öffnete endlich die Augen; die Sonne stand noch am Himmel, aber im Osten; ich hatte die Nacht verschlafen. Ich nahm es für ein Zeichen, daß ich nicht nach dem

Wirtshause zurückkehren sollte. Ich gab leicht, was ich dort noch besaß, verloren und beschloß, eine Nebenstraße, die durch den waldbewachsenen Fuß des Gebirges führte, zu Fuß einzuschlagen, dem Schicksal es anheimstellend, was es mit mir vorhatte, zu erfüllen. Ich schaute nicht hinter mich zurück und dachte auch nicht daran, an Bendel, den ich reich zurückgelassen hatte, mich zu wenden, welches ich allerdings gekonnt hätte. Ich sah mich an auf den neuen Charakter, den ich in der Welt bekleiden sollte: Mein Anzug war sehr bescheiden. Ich hatte eine alte schwarze Kurtka an, die ich schon in Berlin getragen und die mir, ich weiß nicht wie, zu dieser Reise erst wieder in die Hand gekommen war. Ich hatte sonst eine Reisemütze auf dem Kopf und ein Paar alte Stiefel an den Füßen. Ich erhob mich, schnitt mir an selbiger Stelle einen Knotenstock zum Andenken und trat sogleich meine Wanderung an.

Ich begegnete im Wald einem alten Bauer, der mich freundlich begrüßte und mit dem ich mich in Gespräch einließ. Ich erkundigte mich, wie ein wißbegieriger Reisender, erst nach dem Wege, dann nach der Gegend und deren Bewohnern, den Erzeugnissen des Gebirges und derlei mehr. Er antwortete verständig und redselig auf meine Fragen. Wir kamen an das Bette eines Bergstromes, der über einen weiten Strich des Waldes seine Verwüstung verbreitet hatte. Mich schauderte innerlich vor dem sonnenhellen Raum; ich ließ den Landmann vorangehen. Er hielt aber mitten im gefährlichen Orte still und wandte sich zu mir, um mir die Geschichte dieser Verwüstung zu erzählen. Er bemerkte bald, was mir fehlte, und hielt mitten in seiner Rede ein: »Aber wie geht denn das zu? Der Herr hat ja keinen Schatten!« – »Leider! leider!« erwiderte ich seufzend. »Es sind mir während einer bösen langen Krankheit Haare, Nägel und Schatten ausgegangen. Seht, Vater, in meinem Alter, die Haare, die ich wieder gekriegt habe, ganz weiß, die Nägel sehr kurz, und der Schatten, der will noch nicht wieder wachsen.« – »Ei! ei!« versetzte der alte Mann kopfschüttelnd, »keinen Schatten, das ist bös! das war eine böse Krankheit, die der Herr gehabt hat.« Aber er hub seine Erzählung nicht wieder an, und bei dem nächsten Querweg, der sich darbot, ging er, ohne ein Wort zu sagen, von mir ab. – Bittere Tränen zitterten aufs neue auf meinen Wangen, und meine Heiterkeit war hin.

Ich setzte traurigen Herzens meinen Weg fort und suchte ferner keines Menschen Gesellschaft. Ich hielt mich im dunkelsten Walde und mußte manchmal, um über einen Strich, wo die Sonne schien, zu kommen, stundenlang darauf warten, daß mir keines Menschen Auge den Durchgang verbot. Am Abend suchte ich Herberge in den Dörfern zu nehmen. Ich ging eigentlich nach einem Bergwerk im Gebirge, wo ich Arbeit unter der Erde zu finden gedachte; denn, davon abgesehen, daß meine jetzige Lage mir gebot, für meinen Lebensunterhalt selbst zu sorgen, hatte ich dieses wohl erkannt, daß mich allein angestrengte Arbeit gegen meine zerstörenden Gedanken schützen könnte.

Ein paar regnichte Tage förderten mich leicht auf dem Weg, aber auf Kosten meiner Stiefel, deren Sohlen für den Grafen Peter und nicht für den Fußknecht berechnet worden. Ich ging schon auf den bloßen Füßen. Ich mußte ein Paar neue Stiefel anschaffen. Am nächsten Morgen besorgte ich dieses Geschäft mit vielem Ernst in einem Flekken, wo Kirmes war und wo in einer Bude alte und neue Stiefel zu Kauf standen. Ich wählte und handelte lange. Ich mußte auf ein Paar neue, die ich gern gehabt hätte, Verzicht leisten; mich schreckte die unbillige Forderung. Ich begnügte mich also mit alten, die noch gut und stark waren und die mir der schöne blondlockige Knabe, der die Bude hielt, gegen gleich bare Bezahlung freundlich lächelnd einhändigte, indem er mir Glück auf den Weg wünschte. Ich zog sie gleich an und ging zum nördlich gelegenen Tor aus dem Ort.

Ich war in meinen Gedanken sehr vertieft und sah kaum, wo ich den Fuß hinsetzte; denn ich dachte an das Bergwerk, wo ich auf den Abend noch anzulangen hoffte und wo ich nicht recht wußte, wie ich mich ankündigen sollte. Ich war noch keine zweihundert Schritte gegangen, als ich bemerkte, daß ich aus dem Wege gekommen war; ich sah mich danach um, ich befand mich in einem wüsten, uralten Tannenwalde, woran die Axt nie gelegt worden zu sein schien. Ich drang noch einige Schritte vor; ich sah mich mitten unter öden Felsen, die nur mit Moos und Steinbrecharten bewachsen waren und zwischen welchen Schnee- und Eisfelder lagen. Die Luft war sehr kalt, ich sah mich um, der Wald war hinter mir verschwunden. Ich machte noch einige Schritte – um mich herrschte die Stille des Todes, unabsehbar dehnte sich das Eis, worauf ich stand und worauf ein dichter Nebel schwer ruhte; die Sonne stand blutig am Rande des Horizontes. Die Kälte war unerträglich. Ich wußte nicht, wie mir geschehen war; der erstarrende Frost zwang mich, meine Schritte zu beschleunigen; ich vernahm nur das Gebrause ferner Gewässer: ein Schritt, und ich war am Eisufer eines Ozeans. Unzählbare Herden von Seehunden stürzten sich vor mir rauschend in die Flut. Ich folgte diesem Ufer, ich sah wieder nackte Felsen, Land, Birken- und Tannenwälder, ich lief noch ein paar Minuten gerade vor mir hin. Es war erstickend heiß, ich sah mich um, ich stand zwischen schön gebauten Reisfeldern und Maulbeerbäumen. Ich setzte mich in deren Schatten, ich sah nach meiner Uhr, ich hatte vor nicht einer Viertelstunde den Marktflecken verlassen – ich glaubte zu träumen, ich biß mich in die Zunge, um mich zu erwecken; aber ich wachte wirklich. – Ich schloß die Augen zu, um meine Gedanken zusammenzufassen. – Ich hörte vor mir seltsame Silben durch die Nase zählen; ich blickte auf: zwei Chinesen, an der asiatischen Gesichtsbildung unverkennbar, wenn ich auch ihrer Kleidung keinen Glauben beimessen wollte, redeten mich mit landesüblichen Begrüßungen in ihrer Sprache an; ich stand auf und trat zwei Schritte zurück. Ich sah sie nicht mehr, die Landschaft war ganz verändert: Bäume, Wälder statt der Reisfelder. Ich betrachtete diese Bäume und die Kräuter, die um mich blühten; die ich kannte, waren südöstlich-asiatische Gewächse; ich wollte auf den einen Baum zugehen, ein Schritt – und wiederum alles verändert. Ich trat nun an wie ein Rekrut, der geübt wird, und schritt langsam, gesetzt einher. Wunderbar veränderliche Länder, Fluren, Auen, Gebirge, Steppen, Sandwüsten entrollten sich vor meinem staunenden Blick: es war kein Zweifel, ich hatte Siebenmeilenstiefel an den Füßen.

X

Ich fiel in stummer Andacht auf meine Knie und vergoß Tränen des Dankes – denn klar stand plötzlich meine Zukunft vor meiner Seele. Durch frühe Schuld von der menschlichen Gesellschaft ausgeschlossen, ward ich zum Ersatz an die Natur, die ich stets geliebt, gewiesen, die Erde mir zu einem reichen Garten gegeben, das Studium zur Richtung und Kraft meines Lebens, zu ihrem Ziel die Wissenschaft. Es war nicht ein Entschluß, den ich faßte. Ich habe nur seitdem, was da hell und vollendet im Urbild vor mein inneres Auge trat, getreu mit stillem, strengem, unausgesetztem Fleiß darzustellen gesucht, und meine Selbstzufriedenheit hat von dem Zusammenfallen des Dargestellten mit dem Urbild abgehangen.

Ich raffte mich auf, um ohne Zögern mit flüchtigem Überblick Besitz von dem Felde zu nehmen, wo ich künftig ernten wollte. – Ich stand auf den Höhen des Tibet, und die Sonne, die mir vor wenigen Stunden aufgegangen war, neigte sich hier schon am Abendhimmel; ich durchwanderte Asien von Osten gegen Westen, sie in ihrem Lauf einholend, und trat in Afrika ein. Ich sah mich neugierig darin um, indem ich es wiederholt in allen Richtungen durchmaß. Wie ich durch Ägypten die alten Pyramiden und Tempel angaffte, erblickte ich in der Wüste, unfern des hunderttorigen Theben, die Höhlen, wo christliche Einsiedler sonst wohnten. Es stand plötzlich fest und klar in mir: hier ist dein Haus. – Ich erkor eine der verborgensten, die zugleich geräumig, bequem und den Schakalen unzugänglich war, zu meinem künftigen Aufenthalte und setzte meinen Stab weiter.

Ich trat bei den Herkules-Säulen nach Europa über, und nachdem ich seine südlichen und nördlichen Provinzen in Augenschein genommen, trat ich von Nordasien über den Polargletscher nach Grönland und Amerika über, durchschweifte die beiden Teile dieses Kontinents, und der Winter, der schon im Süden herrschte, trieb mich schnell vom Kap Hoorn nordwärts zurück.

Ich verweilte mich, bis es im östlichen Asien Tag wurde, und setzte erst nach einiger Ruh' meine Wanderung fort. Ich verfolgte durch beide Amerika die Bergkette, die die höchsten bekannten Unebenheiten unserer Kugel in sich faßt. Ich schritt langsam und vorsichtig von Gipfel zu Gipfel, bald über flammende Vulkane, bald über beschneite Kuppeln, oft mit Mühe atmend; ich erreichte den Eliasberg und sprang über die Beringstraße nach Asien. – Ich verfolgte dessen westliche Küsten in ihren vielfachen Wendungen und untersuchte mit besonderer Aufmerksamkeit, welche der dort gelegenen Inseln mir zugänglich wären. Von der Halbinsel Malakka trugen mich meine Stiefel auf Sumatra, Java, Bali und Lamboc; ich versuchte, selbst oft mit Gefahr und dennoch immer vergebens, mir über die kleinern Inseln und Felsen, wovon dieses Meer starrt, einen Übergang nordwestlich nach Borneo und andern Inseln dieses Archipelagus zu bahnen. Ich mußte die Hoffnung aufgeben. Ich setzte mich endlich auf die äußerste Spitze von Lamboc nieder, und, das Gesicht gegen Süden und Osten gewendet, weint' ich wie am festverschlossenen Gitter meines Kerkers, daß ich doch so bald meine Begrenzung gefunden. Das merkwürdige, zum Verständnis der Erde und ihres sonnengewirkten Kleides, der Pflanzen- und Tierwelt, so wesentlich notwendige Neuholland und die Südsee mit ihren Zoophyteninseln waren mir untersagt, und so war im Ursprunge schon alles, was ich sammeln und erbauen sollte, bloßes Fragment zu bleiben verdammt. – O mein Adelbert, was ist es doch um die Bemühungen der Menschen!

Oft habe ich im strengsten Winter der südlichen Halbkugel vom Kap Hoorn aus jene zweihundert Schritte, die mich etwa vom Land van Diemen und Neuholland trennten, selbst unbekümmert um die Rückkehr, und sollte sich dieses schlechte Land über mich wie der Deckel meines Sarges schließen, über den Polargletscher westwärts zurückzulegen versucht, habe über Treibeis mit törichter Wagnis verzweiflungsvolle Schritte getan, der Kälte und dem Meere Trotz geboten. Umsonst, noch bin ich auf Neuholland nicht gewesen – ich kam dann jedesmal auf Lamboc zurück und setzte mich auf seine äußerste Spitze nieder und weinte wieder, das Gesicht gen Süden und Osten gewendet, wie am festverschlossenen Gitter meines Kerkers.

Ich riß mich endlich von dieser Stelle und trat mit traurigem Herzen wieder in das innere Asien; ich durchschweifte es fürder, die Morgendämmerung nach Westen verfolgend, und kam noch in der Nacht in die Thebais zu meinem vorbestimmten Hause, das ich in den gestrigen Nachmittagsstunden berührt hatte.

Sobald ich etwas ausgeruht und es Tag über Europa war, ließ ich meine erste Sorge sein, alles anzuschaffen, was ich bedurfte. – Zuvörderst Hemmschuhe; denn ich hatte erfahren, wie unbequem es sei, seinen Schritt nicht anders verkürzen zu können, um nahe Gegenstände gemächlich zu untersuchen, als indem man die Stiefel auszieht. Ein Paar Pantoffeln, übergezogen, hatten völlig die Wirkung, die ich mir davon versprach, und späterhin trug ich sogar deren immer zwei Paar bei mir, weil ich öfters welche von den Füßen warf, ohne Zeit zu haben, sie aufzuheben, wenn Löwen, Menschen oder Hyänen mich beim Botanisieren aufschreckten. Meine sehr gute Uhr war auf die kurze Dauer meiner Gänge ein vortreffliches Chronometer. Ich brauchte noch außerdem einen Sextanten, einige physikalische Instrumente und Bücher.

Ich machte, dieses alles herbeizuschaffen, etliche bange

Gänge nach London und Paris, die ein mir günstiger Nebel eben beschattete. Als der Rest meines Zaubergoldes erschöpft war, bracht' ich leicht zu findendes afrikanisches Elfenbein als Bezahlung herbei, wobei ich freilich die kleinsten Zähne, die meine Kräfte nicht überstiegen, auswählen mußte. Ich ward bald mit allem versehen und ausgerüstet, und ich fing sogleich als privatisierender Gelehrter meine neue Lebensweise an.

Ich streifte auf der Erde umher, bald ihre Höhen, bald die Temperatur ihrer Quellen und die der Luft messend, bald Tiere beobachtend, bald Gewächse untersuchend; ich eilte von dem Äquator nach dem Pole, von der einen Welt nach der andern, Erfahrungen mit Erfahrungen vergleichend. Die Eier der afrikanischen Strauße oder der nördlichen Seevögel und Früchte, besonders der Tropenpalmen und Bananen, waren meine gewöhnlichste Nahrung. Für mangelndes Glück hatt' ich als Surrogat die Nicotiana, und für menschliche Teilnahme und Bande die Liebe eines treuen Pudels, der mir meine Höhle in der Thebais bewachte und, wenn ich mit neuen Schätzen beladen zu ihm zurückkehrte, freudig an mich sprang und es mich doch menschlich empfinden ließ, daß ich nicht allein auf der Erde sei. Noch sollte mich ein Abenteuer unter die Menschen zurückführen.

XI

Als ich einst auf Nordlands Küsten, meine Stiefel gehemmt, Flechten und Algen sammelte, trat mir unversehens um die Ecke eines Felsens ein Eisbär entgegen. Ich wollte, nach weggeworfenen Pantoffeln, auf eine gegenüberliegende Insel treten, zu der mir ein dazwischen aus den Wellen hervorragender nackter Felsen den Übergang bahnte. Ich trat mit dem einen Fuß auf den Felsen fest auf und stürzte auf der andern Seite in das Meer, weil mir unbemerkt der Pantoffel am anderen Fuß haften geblieben war.

Die große Kälte ergriff mich, ich rettete mit Mühe mein

74

Leben aus dieser Gefahr; sobald ich Land hielt, lief ich, so
schnell ich konnte, nach der Libyschen Wüste, um mich da
an der Sonne zu trocknen. Wie ich ihr aber ausgesetzt war,
brannte sie mir so heiß auf den Kopf, daß ich sehr krank
5 wieder nach Norden taumelte. Ich suchte durch heftige
Bewegung mir Erleichterung zu verschaffen und lief mit
unsichern, raschen Schritten von Westen nach Osten und
von Osten nach Westen. Ich befand mich bald in dem Tag
und bald in der Nacht, bald im Sommer und bald in der
10 Winterkälte.
Ich weiß nicht, wie lange ich mich so auf der Erde herum-
taumelte. Ein brennendes Fieber glühte durch meine Adern,
ich fühlte mit großer Angst die Besinnung mich verlassen.
Noch wollte das Unglück, daß ich bei so unvorsichtigem
15 Laufen jemanden auf den Fuß trat. Ich mochte ihm weh
getan haben; ich erhielt einen starken Stoß, und ich fiel
hin. –
Als ich zuerst zum Bewußtsein zurückkehrte, lag ich gemächlich in einem guten Bette, das unter vielen andern
20 Betten in einem geräumigen und schönen Saale stand. Es
saß mir jemand zu Häupten; es gingen Menschen durch den
Saal von einem Bette zum andern. Sie kamen vor das
meine und unterhielten sich von mir. Sie nannten mich aber
Numero Zwölf, und an der Wand zu meinen Füßen stand
25 doch ganz gewiß, es war keine Täuschung, ich konnte es
deutlich lesen, auf schwarzer Marmortafel mit großen gol-
denen Buchstaben mein Name

PETER SCHLEMIHL

ganz richtig geschrieben. Auf der Tafel standen noch unter
30 meinem Namen zwei Reihen Buchstaben; ich war aber zu
schwach, um sie zusammenzubringen, ich machte die Augen
wieder zu. –
Ich hörte etwas, worin von Peter Schlemihl die Rede war,
laut und vernehmlich ablesen, ich konnte aber den Sinn
35 nicht fassen; ich sah einen freundlichen Mann und eine
sehr schöne Frau in schwarzer Kleidung vor meinem Bette

erscheinen. Die Gestalten waren mir nicht fremd, und ich konnte sie nicht erkennen.

Es verging einige Zeit, und ich kam wieder zu Kräften. Ich hieß Numero Zwölf, und Numero Zwölf galt seines langen Bartes wegen für einen Juden, darum er aber nicht minder sorgfältig gepflegt wurde. Daß er keinen Schatten hatte, schien unbemerkt geblieben zu sein. Meine Stiefel befanden sich, wie man mich versicherte, nebst allem, was man bei mir gefunden, als ich hieher gebracht worden, in gutem und sicherem Gewahrsam, um mir nach meiner Genesung wieder zugestellt zu werden. Der Ort, worin ich krank lag, hieß das SCHLEMIHLIUM; was täglich von Peter Schlemihl abgelesen wurde, war eine Ermahnung, für denselben als den Urheber und Wohltäter dieser Stiftung zu beten. Der freundliche Mann, den ich an meinem Bette gesehen hatte, war Bendel, die schöne Frau war Mina.

Ich genas unerkannt im Schlemihlio und erfuhr noch mehr: ich war in Bendels Vaterstadt, wo er aus dem Überrest meines sonst nicht gesegneten Goldes dieses Hospitium, wo Unglückliche mich segneten, unter meinem Namen gestiftet hatte, und er führte über dasselbe die Aufsicht. Mina war Witwe; ein unglücklicher Kriminalprozeß hatte dem Herrn Rascal das Leben und ihr selbst ihr mehrstes Vermögen gekostet. Ihre Eltern waren nicht mehr. Sie lebte hier als eine gottesfürchtige Witwe und übte Werke der Barmherzigkeit.

Sie unterhielt sich einst am Bette Numero Zwölf mit dem Herrn Bendel: »Warum, edle Frau, wollen Sie sich so oft der bösen Luft, die hier herrscht, aussetzen? Sollte denn das Schicksal mit Ihnen so hart sein, daß Sie zu sterben begehrten?« – »Nein, Herr Bendel, seit ich meinen langen Traum ausgeträumt habe und in mir selber erwacht bin, geht es mir wohl; seitdem wünsche ich nicht mehr und fürchte nicht mehr den Tod. Seitdem denke ich heiter an Vergangenheit und Zukunft. Ist es nicht auch mit stillem innerlichen Glück, daß Sie jetzt auf so gottselige Weise Ihrem Herrn und Freunde dienen?« – »Sei Gott gedankt, ja, edle

Frau. Es ist uns doch wundersam ergangen; wir haben viel Wohl und bittres Weh unbedachtsam aus dem vollen Becher geschlürft. Nun ist er leer; nun möchte einer meinen, das sei alles nur die Probe gewesen, und, mit kluger Einsicht gerüstet, den wirklichen Anfang erwarten. Ein anderer ist nun der wirkliche Anfang, und man wünscht das erste Gaukelspiel nicht zurück und ist dennoch im ganzen froh, es, wie es war, gelebt zu haben. Auch find ich in mir das Zutrauen, daß es nun unserm alten Freunde besser gehen muß als damals.« – »Auch in mir«, erwiderte die schöne Witwe, und sie gingen an mir vorüber.

Dieses Gespräch hatte einen tiefen Eindruck in mir zurückgelassen; aber ich zweifelte im Geiste, ob ich mich zu erkennen geben oder unerkannt von dannen gehen sollte. – Ich entschied mich. Ich ließ mir Papier und Bleistift geben und schrieb die Worte:

»Auch Eurem alten Freunde ergeht es nun besser als damals, und büßet er, so ist es Buße der Versöhnung.«

Hierauf begehrte ich, mich anzuziehen, da ich mich stärker befände. Man holte den Schlüssel zu dem kleinen Schrank, der neben meinem Bette stand, herbei. Ich fand alles, was mir gehörte, darin. Ich legte meine Kleider an, hing meine botanische Kapsel, worin ich mit Freuden meine nordischen Flechten wiederfand, über meine schwarze Kurtka um, zog meine Stiefel an, legte den geschriebenen Zettel auf mein Bett, und sowie die Tür aufging, war ich schon weit auf dem Wege nach der Thebais.

Wie ich längs der syrischen Küste den Weg, auf dem ich mich zum letztenmal vom Hause entfernt hatte, zurücklegte, sah ich mir meinen armen Figaro entgegenkommen. Dieser vortreffliche Pudel schien seinem Herrn, den er lange zu Hause erwartet haben mochte, auf der Spur nachgehen zu wollen. Ich stand still und rief ihm zu. Er sprang bellend an mich mit tausend rührenden Äußerungen seiner unschuldigen, ausgelassenen Freude. Ich nahm ihn unter den Arm, denn freilich konnte er mir nicht folgen, und brachte ihn mit mir wieder nach Hause.

Ich fand dort alles in der alten Ordnung und kehrte nach und nach, sowie ich wieder Kräfte bekam, zu meinen vormaligen Beschäftigungen und zu meiner alten Lebensweise zurück; nur daß ich mich ein ganzes Jahr hindurch der mir ganz unzuträglichen Polarkälte enthielt. 5

Und so, mein lieber Chamisso, leb ich noch heute. Meine Stiefel nutzen sich nicht ab, wie das sehr gelehrte Werk des berühmten Tieckius, »De rebus gestis Pollicilli«, es mich anfangs befürchten lassen. Ihre Kraft bleibt ungebrochen; nur meine Kraft geht dahin; doch hab ich den Trost, sie an 10 einen Zweck in fortgesetzter Richtung und nicht fruchtlos verwendet zu haben. Ich habe, so weit meine Stiefel gereicht, die Erde, ihre Gestaltung, ihre Höhen, ihre Temperatur, ihre Atmosphäre in ihrem Wechsel, die Erscheinungen ihrer magnetischen Kraft, das Leben auf ihr besonders 15 im Pflanzenreiche gründlicher kennengelernt als vor mir irgendein Mensch. Ich habe die Tatsachen mit möglichster Genauigkeit in klarer Ordnung aufgestellt in mehreren Werken, meine Folgerungen und Ansichten flüchtig in einigen Abhandlungen niedergelegt. – Ich habe die Geographie 20 vom Innern von Afrika und von den nördlichen Polarländern, vom Innern von Asien und von seinen östlichen Küsten festgesetzt. Meine »Historia stirpium plantarum utriusque orbis« steht da als ein großes Fragment der Flora universalis terrae und als ein Glied meines Systema naturae. 25 Ich glaube darin nicht bloß die Zahl der bekannten Arten müßig um mehr als ein Drittel vermehrt zu haben, sondern auch etwas für das natürliche System und für die Geographie der Pflanzen getan zu haben. Ich arbeite jetzt fleißig an meiner Fauna. Ich werde Sorge tragen, daß vor meinem 30 Tode meine Manuskripte bei der Berliner Universität niedergelegt werden.

Und dich, mein lieber Chamisso, hab ich zum Bewahrer meiner wundersamen Geschichte erkoren, auf daß sie vielleicht, wenn ich von der Erde verschwunden bin, manchen 35 ihrer Bewohner zur nützlichen Lehre gereichen könne. Du aber, mein Freund, willst du unter den Menschen leben, so

lerne verehren zuvörderst den Schatten, sodann das Geld.
Willst du nur dir und deinem bessern Selbst leben, oh, so
brauchst du keinen Rat.

Explicit.

Fouqué an Adelbert von Chamisso

(1813)

Trifft Frank' und Deutscher jetzt zusammen,
  Und jeder edlen Muts entbrannt,
  So fährt ans tapfre Schwert die Hand,
Und Kampf entsprüht in wilden Flammen.

Wir treffen uns auf höherm Feld,
  Wir zwei, verklärt in reinerm Feuer.
  Heil dir, mein Frommer, mein Getreuer,
Und dem, was uns verbunden hält!

Anmerkungen
nach der Tardelschen Ausgabe

3,8 f. *in unserer grünen Zeit:* bezieht sich auf die Entstehungszeit des von den Freunden Chamissos der »Grüne« oder »Grünling« genannten Musenalmanachs.

3,14 *Kurtka:* langer, vorn mit Schnüren besetzter Rock, ursprünglich ein polnischer Waffenrock.

4,16 *Leopold:* Die Schlemihl-Zeichnung des sonst wenig bekannten Lithographen und Radierers Fr. Leopold geht den älteren Auflagen als Titelbild voran.

5,14 *der Tod:* Hitzigs Gattin war am 22. Mai 1814 gestorben.

6,2 f. *»Gelehrten Berlin«:* Hitzigs »Gelehrtes Berlin« (Berlin 1826), S. 44 ff., verzeichnet eine Reihe von ausländischen Schlemihl-Übersetzungen.

6,5 *Cruikshank:* George Cruikshank (1792–1878), englischer Karikaturenzeichner, versah die englische Ausgabe des »Schlemihl« (1824) mit acht Kupferstichen.

6,13 *O-Wahu:* Hauptinsel der Hawaii- oder Sandwich-Inseln; vgl. in Chamissos »Tagebuch« der Weltreise die Kapitel »Von Kalifornien nach den Sandwichinseln« und »Von Unalaschka nach den Sandwichinseln«.

6,23 f. *persönliche Bekanntschaft:* E. T. A. Hoffmann lernte nach seiner Rückkehr nach Berlin (September 1814) Chamisso bei einem Diner kennen, das Hitzig ihm zu Ehren gab und an dem außer Chamisso auch Fouqué und Tieck teilnahmen.

6,27 *»Die Abenteuer der Silvesternacht«:* Hoffmanns »Geschichte vom verlornen Spiegelbilde« erschien als vierte Erzählung der »Abenteuer der Silvesternacht« im 4. Band der »Phantasiestücke in Callots Manier«, 1815.

6,32 *Burgstraße:* im Zentrum Berlins an der Spree bei der Friedrichs- und Langen Brücke.

6,36 f. *»Aus Hoffmanns Leben und Nachlaß«:* von Hitzig, Berlin 1823.

7,20 *An meinen alten Freund ...:* als Vorwort zur 3. Auflage, 1835.

9,1 *Hitzigs Vorrede:* zur Stereotypausgabe Nürnberg 1839.

12,8 *willkürlich verändert:* Der Bearbeiter war nicht Ladvocat selbst, sondern Amédée Pichot, der Herausgeber der »Revue britannique«.

12,10 *N. Martin:* Nicolas Martin (1814–77), französischer Schriftsteller, der durch seine Studien über deutsche Dichter und Übersetzungen deutscher Werke, so der Grimmschen Märchensammlung, bekannt geworden ist.

13,5 f. *Adelung:* Gemeint ist wohl der Sprach- und Geschichtsforscher Friedrich von Adelung (1768–1843), der Neffe des bekannteren Grammatikers Johann Christoph Adelung; er lebte in Petersburg und wurde hier 1801 Direktor des deutschen Theaters und 1824 Direktor des orientalischen Instituts.

13,34 *Dono . . . sesso:* »Gabe der Zuneigung für das zarte Geschlecht«.

17,22 *Norderstraße:* Das Lokale ist in Hamburg zu denken.

19,14 *Dollond:* nach seinem Erfinder, John Dollond (1706–61), benanntes achromatisches Fernrohr.

25,33 *Haller:* Albrecht von Haller (1708–77), Professor der Medizin, Anatomie, Botanik und Chirurgie in Göttingen, seit 1753 wieder in seiner Geburtsstadt Bern, schrieb die Werke »Bibliotheca botanica«, »Bibliotheca anatomica«, »Bibliotheca chirurgica« u. a. Als Dichter ist er durch das beschreibende Lehrgedicht »Die Alpen« (1729) bekannt.

25,34 *»Zauberring«:* Ritterroman von Fouqué (Nürnberg 1813, 3 Bde.).

29,32 *Faffner:* Fafnir, in der Siegfriedsage der den Nibelungenhort bewachende Drache.

46,4 *Arethusa:* Die Nymphe Arethusa wurde beim Baden im Alpheios von dem Flußgott überrascht und verfolgt, bis Artemis die Erde öffnete und sie als Quelle hervorsprudeln ließ.

48,32 *Tarnkappe:* Die unsichtbar machende Kappe, die Siegfried dem Alberich wegnahm und später im Kampf mit Brünhilde trug.

66,32–34 *Justo . . . sum:* Durch das gerechte Gericht Gottes bin ich gerichtet; durch das gerechte Gericht Gottes bin ich verdammt.

71,33 *Theben:* Hauptstadt von Oberägypten, das deshalb auch Thebaïs (s. S. 73,19) genannt wird. Die Wendung vom »hunderttorigen Theben« stammt aus Homers »Ilias«, IX,381–383. Während der Christenverfolgung lebten hier die sogenannten Anachoreten.

72,5 *Herkules-Säulen:* Straße von Gibraltar. Herakles setzte hier der Sage nach diese »Säulen« als Zeugen seiner Fahrt von Libyen nach dem Okeanos.

72,18 *Eliasberg:* Der Mount St. Elias liegt auf der Grenze von Alaska und Kanada.

72,24 *Java . . . Lamboc:* Bali und Lamboc gehören zu den kleinen Sunda-Inseln und schließen unmittelbar an das Ostende von Java an.

72,35 *Neuholland:* das Festland von Australien.

72,36 *Zoophyteninseln:* nach Georges Cuviers (1769–1852) Bezeichnung für eine Gattung von »Pflanzentieren«, hier besonders auf die Korallenpolypen bezogen, aus denen ein Teil der Südsee-Inseln besteht.

73,5 *Land van Diemen:* Tasmanien.

78,8 *»De rebus . . . Pollicilli«:* Gemeint ist Tiecks »Leben und Taten des kleinen Thomas, genannt Däumchen. Ein Märchen in drei Akten«, 1811 entstanden, gedruckt im 2. Band des »Phantasus« (1812–16).

78,23 f. *»Historia . . . orbis«:* »Entstehungsgeschichte der Pflanzen beider Erdhälften«.

79,4 *Explicit:* mittelalterliche Abkürzung aus »Explicitus est liber« (Das Buch ist zu Ende).

Nachbemerkung

Unter den Schöpfungen der deutschen Romantik im Bereich des Märchens steht der *Peter Schlemihl* mit in erster Reihe.

Auf einer Reise hatte Chamisso neben seinem Mantelsack zahlreiche Kleidungsstücke verloren; eine scherzhafte Frage Fouqués, ob er nicht auch um seinen Schatten gekommen sei, veranlaßte ihn, ein solches Unglück weiter auszumalen, und gab ihm das Motiv der Erzählung ein. Für seine botanischen Studien wünschte sich der Dichter schon lange Siebenmeilenstiefel, und aus Lafontaine kannte er schließlich die Gestalt eines Mannes, der alles aus seiner Tasche zieht, was gewünscht wird.

Den Namen der Hauptperson erklärt Chamisso in einem Brief an seinen Bruder: Es »ist ein hebräischer Name und bedeutet Gottlieb, Theophil ... Dies ist in der gewöhnlichen Sprache der Juden die Benennung von ungeschickten oder unglücklichen Leuten.« Damit weist er selber auf die alte Sage vom Pakt mit dem Teufel, die sich an den Namen Theophilus knüpft. Dagegen sträubte er sich immer wieder, die »wundersame Geschichte« durch eine Deutung der Schattenlosigkeit rational aufzulösen.

Peter Schlemihl entstand im Jahre 1813 in der Stille des Gutes Kunersdorf, wohin Chamisso von Freunden eingeladen worden war. Die Buchausgabe erschien jedoch erst 1814 in Nürnberg.

Über die zeitgenössische Wirkung berichtet Julius Eduard Hitzig in seiner Vorrede von 1839 (vgl. S. 11 ff.).

Inhalt

Erzählungen und Romane
der deutschen Romantik

IN RECLAMS UNIVERSAL-BIBLIOTHEK

nober. Nachw. v. G. R. Kaiser. 306 [2] – dazu *Erl. und Dok.*
Hrsg. von G. R. Kaiser. 8172 [2] – *Kreisleriana.* Hrsg. von H.
Castein. 5623 [2] – *Das Majorat.* 32 – *Meister Floh.* Hrsg. von
W. Segebrecht. 365 [3] – *Meister Martin, der Küfner und seine
Gesellen.* 52 – *Nußknacker und Mausekönig.* 1400 – *Prinzessin Brambilla.* 8 Kupfer nach Callotschen Originalblättern.
Hrsg. von W. Nehring. 7953 [2] – *Rat Krespel. Die Fermate.
Don Juan.* Nachw. von J. Kunz. 5274 – *Der Sandmann. Das
öde Haus. Nachtstücke.* Hrsg. von M. Wacker. 230 – *Des
Vetters Eckfenster.* Nachw. und Anm. von G. Koziełek. 231

Kleist, Heinrich v.: *Die Marquise von O... Das Erdbeben in
Chili.* Nachw. von Ch. Wagenknecht. 8002 – *Michael Kohlhaas.* Nachw. von P.-W. Lützeler. 218 – dazu *Erl. und Dok.*
Hrsg. von G. Hagedorn. 8106 – *Sämtliche Erzählungen.*
Nachw. von W. Müller-Seidel. 8232 [3] – *Die Verlobung in
St. Domingo. Das Bettelweib von Locarno. Der Findling.*
8003 – *Der Zweikampf. Die heilige Cäcilie. Sämtliche Anekdoten. Über das Marionettentheater und andere Prosa.* 8004

Novalis: *Heinrich von Ofterdingen.* Textrev. und Nachw. von
W. Frühwald. 8939 [2]

Schlegel, Friedrich: *Lucinde.* Hrsg. von K. K. Polheim. 320 [2]

Tieck, Ludwig: *Die beiden merkwürdigsten Tage aus Siegmunds
Leben. Fermer, der Geniale.* Hrsg. von W. Biesterfeld. 7822 –
Der blonde Eckbert. Der Runenberg. Die Elfen. Nachw. von
K. Nussbächer. 7732 – zu: Der blonde Eckbert. Der Runenberg *Erl. und Dok.* Hrsg. von H. Castein. 8178 – *Franz
Sternbalds Wanderungen.* Studienausg. 16 Abb. Hrsg. von A.
Anger. 8715 [5] – *Der Hexensabbat.* Hrsg. von W. Münz.
8478 [4] auch geb. – *Des Lebens Überfluß.* Nachw. von H.
Bachmaier. 1925 – *Liebesgeschichte der schönen Magelone
und des Grafen Peter von Provence.* Nachw. von E. Mornin.
731 – *Vittoria Accorombona.* Hrsg. von W. J. Lillyman.
9458 [6] – *William Lovell.* Hrsg. von W. Münz. 8328 [8]

Philipp Reclam jun. Stuttgart

Interpretationen

Erzählungen und Novellen des 19. Jahrhunderts
Band 1

Universal-Bibliothek Nr. 8413 [5]

Philipp Reclam jun. Stuttgart